i ac mae'n rhaid i fi wneud llwyth o waith cartref heno! Ych a fi!'

Chwerthin yn dawel wnaeth Gwen Evans. Roedd Cadi wedi bod fel chwa o awyr iach yn ei bywyd hi yn ystod y deufis diwethaf, ac roedd angen rhywbeth i godi ei chalon ers iddi golli Wyn, ei gŵr. Roedd y ddau wedi bod yn briod ers trigain mlynedd, yn rhedeg y fferm a'r fridfa ferlod Cymreig gyda'i gilydd, ac yn rhannu pob gofid, tristwch, hapusrwydd a chyfrinach. Hebddo, roedd Gwen Evans – neu Gweni Fach, fel roedd ei gŵr yn ei galw hi – ar goll. Seren y ferlen, dau gi ac ambell gath oedd yr unig anifeiliaid oedd ar ôl ar fferm Blaendyffryn erbyn hyn, ac er ei bod hi'n gwybod na fyddai'n gallu ymdopi â mwy na hynny ar ei phen ei hun, roedd y lle'n wag iawn heb yr anifeiliaid eraill.

Wrth i Gwen Evans bwyso yn erbyn yr iet yn haul y prynhawn, dechreuodd hel meddyliau am y diwrnod hwnnw flwyddyn ynghynt pan gyrhaeddodd Seren adref i Flaendyffryn. Gwenodd wrth feddwl sut y dylai hi fod wedi gwylltio â'i gŵr am brynu'r ferlen fach y tu ôl i'w chefn, ond y gwir oedd ei bod hi mor, mor falch iddo wneud hynny. Wedi'r cyfan, Blaendyffryn oedd cartref Seren. Dyma un o'r merlod prydferthaf iddyn nhw eu magu yno erioed, ac roedd ei chael yn eu cyfarch wrth y ffens bob bore wedi gwneud byd o les i bawb. Allai Gwen Evans ddim dychmygu pa mor unig fyddai Blaendyffryn heb Seren.

'Mrs Evans?'

Neidiodd Gwen Evans wrth glywed llais Cadi yn torri ar draws ei meddyliau.

'Sori, Cadi fach. Hel meddyliau o'n i,' meddai wrth wylio Cadi'n brwsio cot y gaseg. 'Rwyt ti'n gwneud jobyn penigamp o edrych ar ôl Seren.'

Edrychodd Cadi i'r llawr yn swil, gan geisio cuddio'i llygaid mawr brown y tu ôl i'w gwallt cudynnog.

'Dwi'n mwynhau bob eiliad, ry'ch chi'n gwybod hynny.'

'Ydw, dwi'n gwybod. Ond dwi'n dal i werthfawrogi dy help di.'

'Oes rhywun erioed wedi marchogaeth Seren, Mrs Evans?' gofynnodd Cadi, heb dynnu ei llygaid oddi ar y gwaith.

'Do, ambell un, gan gynnwys Mr Evans ei hun, cofia di! Chredet ti fyth y byddai dyn o'i oed e'n gallu marchogaeth merlen mor fach, ond fe oedd yn hyfforddi ein merlod ni i gyd. Roedd e'n ddigon main, wrth gwrs, a rhywfodd, wrth

Seren
y
Dyffryn

Seren y Dyffryn

Branwen Davies

Lluniau
Jessica Thomas

Gomer

Cyhoeddwyd gyntaf yn 2016 gan
Wasg Gomer, Llandysul, Ceredigion, SA44 4JL
www.gomer.co.uk

ISBN 978 1 78562 182 6

Cyhoeddwyd gyda chefnogaeth Llywodraeth Cymru.

Argraffwyd a rhwymwyd yng Nghymru gan
Wasg Gomer, Llandysul, Ceredigion.

1

Taflodd Cadi ei bag ysgol trwm ar y llawr a rhuthro i ddringo ar y ffens bren. Roedd ei gwallt yn anniben tost ar ôl diwrnod hir yn yr ysgol, gyda hanner ohono wedi'i glymu 'nôl yn llipa a'r hanner arall yn hongian dros ei hwyneb. Gwthiodd y cudynnau rhydd o'i llygaid yn fyr ei hamynedd cyn ymestyn i'w phoced a chydio mewn afal.

'Seren, dere 'ma, Seren,' galwodd Cadi'n eiddgar.

Goleuodd ei hwyneb pan glywodd sŵn gweryru cyfarwydd wrth i'r ferlen bert godi ei phen a throtian tuag ati'n eiddgar. Seren oedd ffrind gorau Cadi, a Cadi oedd ffrind gorau Seren. Doedd dim ots os oedd hi'n heulog, yn bwrw glaw, yn wyntog neu'n bwrw eira, byddai

Cadi'n galw i weld Seren wrth gerdded adref o'r ysgol bob prynhawn, a Seren yn ei chyfarch yn frwd bob tro. Dyma oedd eu defod fach ddyddiol nhw.

Wrth eistedd ar y ffens a thrwyn Seren ar ei chôl, gwelodd Cadi ddrws ffermdy Blaendyffryn yn agor, ac yn raddol daeth Gwen Evans i'r golwg a chodi'i llaw arni. Dringodd Cadi i lawr o'r ffens a rhedeg ar hyd y clos tuag at yr hen wraig.

'Helô, Mrs Evans!' meddai.

'Helô, Cadi fach. Sut wyt ti? O, mae'n noson braf – y gwanwyn wedi cyrraedd, fe gei di weld! Dyna pam feddyliais i am ymuno â ti a Seren am bum munud fach, os yw hynny'n iawn gyda chi'ch dwy?'

Gwenodd Cadi arni. 'Wrth gwrs! Ry'ch chi'n gwybod ein bod ni'n dwlu eich gweld chi!'

Estynnodd Cadi ei braich at Mrs Evans a gafaelodd hithau ynddi'n ofalus cyn i'r ddwy anelu ar draws y clos tuag at yr iet, lle roedd Seren yn aros amdanyn nhw.

'Sut mae Seren, Cadi fach?'

'Mae'n iawn, diolch. Ro'n i ar fin dweud wrthi am y diwrnod ofnadwy ges i yn yr ysgol heddi. Hunllef! Mae Mrs Mathias Maths yn fy nghasáu farchogaeth, roedd e'n gallu gwneud ei hun yn ysgafnach fyth. O, roedd e mor naturiol ar gefn ceffyl. Cofia di,' ychwanegodd yr hen wraig, 'erbyn i Seren ddod 'nôl aton ni am yr eildro, roedd e'n dechrau mynd yn llawer rhy hen i fynd i'r cyfrwy. Ond allwn i mo'i rwystro; cyn gynted ag y cyrhaeddodd Seren y clos, roedd e ar ei chefn hi'n syth. Ac yn wir i ti, fe wnaeth y gaseg fach edrych ar ei ôl e.'

'Bydden i wedi dwlu cael adnabod Mr Evans,' meddai Cadi.

'Dwi'n siŵr y byddech chi'ch dau wedi bod yn ffrindiau mawr. Mae 'na ddigon o ddrygioni'n perthyn i'r ddau ohonoch chi!'

Erbyn hyn, roedd Mrs Evans yn dechrau blino, ond roedd Cadi am gael gwybod rhagor. 'Ym Mlaendyffryn y cafodd Seren ei geni 'te?' Ond cyn i'r hen wraig gael cyfle i ateb, roedd Cadi wedi saethu cwestiwn arall ati'n awchus. 'Ife Mr Evans wnaeth ei bridio hi?'

'Ie, man hyn ddaeth hi i'r byd. Cafodd hi ei geni yn y cae draw fan 'co. Doti, ei mam, oedd un o hoff gesig Wyn. Enillodd hi ym mhob sioe, gan gynnwys y Sioe Frenhinol. Roedd rhyw ddeugain o ferlod 'ma ar un adeg. Ond dechreuodd y ddau ohonon ni heneiddio ac roedd iechyd Mr Evans yn dirywio, felly fe gawson ni sêl fawr a gwerthu'r stoc i gyd.'

Stopiodd Cadi frwsio cot y ferlen am ychydig er mwyn hoelio'i holl sylw ar Mrs Evans a gwrando ar yr hanes.

'Dim ond eboles fach oedd Seren ar y pryd,' meddai'r hen wraig, 'a chafodd hi a Doti eu gwerthu gyda'i gilydd. Ond fe wnaethon ni ddifaru'n syth, cred ti fi; difaru peidio â chadw'r ddwy ohonyn nhw. Doedd dim ots am y gweddill, ond roedd Doti a Seren yn arbennig. Felly, pan welodd Wyn yr hysbyseb yn y papur yn cynnig y cyfle i ni brynu Seren 'nôl, roedd y demtasiwn yn ormod iddo; roedd yn *rhaid* iddo'i phrynu hi!'

Saethodd llu o gwestiynau pellach am y fridfa, a'r ferlen a Mr Evans i feddwl Cadi, ond cyn iddi gael cyfle i ddechrau holi mwy, roedd Gwen Evans wedi dechrau troi tuag at y tŷ.

'Nawr, dyna ddigon am heddiw. Mae'n bryd i ti fynd adre cyn iddi dywyllu. Mis Mawrth yw hi o hyd, cofia, er bod y nosweithiau'n dechrau ymestyn erbyn hyn. Dere draw i'r tŷ am funud – dwi wedi gwneud tarten afalau a chwpwl o sgons i dy fam.'

Cydiodd Mrs Evans ym mraich Cadi unwaith eto, a chyda Seren yn gwylio pob cam, fel petai am wneud yn siŵr eu bod nhw'n cyrraedd y drws yn saff, aeth y ddwy yn araf deg tuag at y ffermdy.

2

Y tro hwn, taflu'r bag ysgol mawr ar lawr y gegin wnaeth Cadi cyn mynd yn syth i'r oergell a gweiddi, 'Haia, Mam!' i'w chrombil.

'Helô, ti!'

Ymddangosodd ei mam o'r tu ôl iddi, yn dal pentwr o ddillad brwnt. 'Sut ddiwrnod gest ti yn yr ysgol?'

Roedd Cadi ar fin ei hateb pan gofiodd am rywbeth yn sydyn. 'O, na!' ochneidiodd, gan redeg i dwrio yn ei bag mewn panig.

'Be sy'n bod?' holodd Bethan Rowlands yn ofidus wrth ddechrau llwytho'r peiriant golchi.

Ymbalfalodd Cadi yn ei bag cyn tynnu dau becyn wedi'u lapio mewn plastig ohono a'u rhoi nhw i'w mam. 'Sori, Mam . . . mae'r rhain oddi wrth Mrs Evans. Tarten a sgons. Anghofies i eu bod nhw yn fy mag pan daflais i e i'r llawr.'

Cymerodd ei mam y ddau becyn gan chwerthin ac edrych ar gynnwys y bagiau plastig yn ofalus. 'Paid â becso, dy'n nhw ddim wedi'u gwasgu'n rhy wael ac fe fyddan nhw'n dal yr un mor flasus. Mae Mrs Evans yn gallu gwneud gwyrthiau ar yr hen stof 'na! Sut oedd hi heddi, gyda llaw?'

'Roedd hi'n iawn. Daeth hi allan i weld Seren wrth i fi frwsio'i chot hi,' meddai Cadi, gan arllwys gwydraid o laeth iddi hi ei hun. 'Ond dwi'n credu ei bod hi'n unig heb Mr Evans.'

'Digon posib dy fod ti'n iawn, Cadi fach. O leiaf fe ddaeth hi am dro i dy weld di heno. Oedd Seren yn iawn?'

'Oedd. Mae hi'n gariad,' atebodd Cadi gan wenu'n swil.

Roedd yna dawelwch am eiliad wrth i Bethan Rowlands roi trefn ar y dillad brwnt wrth y peiriant golchi ac i Cadi bendroni sut oedd hi am godi pwnc oedd wedi bod ar ei meddwl ers rhai wythnosau. Erbyn hyn, roedd e wir yn gwasgu arni, yn enwedig ers y sgwrs gyda Mrs Evans, Blaendyffryn. Ond cyn iddi gael cyfle i ddweud gair wrth ei mam, gwthiodd Guto, ei brawd mawr pymtheg oed, heibio iddi ar ei ffordd i'r oergell. Chododd e 'mo'i lygaid i'w chyfarch, dim ond rhochian rhyw fath o gydnabyddiaeth.

Rholiodd Cadi ei llygaid. Taflodd gip sydyn ar ei mam wedyn er mwyn gwneud yn siŵr nad oedd hi'n edrych, cyn tynnu wyneb ar ei brawd y tu ôl i'w gefn. Doedd ganddi ddim amynedd at Guto weithiau. Er bod pawb yn dweud eu bod yn edrych yn debyg iawn i'w gilydd, gyda'u gwallt brown a'u llygaid melynfrown, roedd Cadi'n benderfynol o brofi'r gwrthwyneb o safbwynt eu personoliaeth. Yn bendant, doedd hi ddim yn un i dreulio'i hamser i gyd yn y tŷ o flaen rhyw Xbox, fel Guto. Dyna'r peth cyntaf fyddai ar ei feddwl wedi iddo ddod adref o'r ysgol bob nos, waeth pa faint bynnag fyddai ei fam yn trio'i atgoffa am ei waith ysgol a'i arholiadau TGAU!

Roedd Cadi ar fin dechrau cwyno wrth ei mam am Guto pan sylwodd ei bod hi bellach wrth y sinc yn barod i blicio tatws ar gyfer swper. Ond yn hytrach na bwrw ati, syllu allan drwy'r ffenest yn freuddwydiol roedd Bethan Rowlands, fel petai hi yn ei byd bach ei hun. Edrychai wedi blino hefyd, meddyliodd Cadi.

'Fe wna i baratoi'r tato, Mam,' cynigiodd. 'Cer i eistedd i lawr am bum munud fach.'

Edrychodd Bethan Rowlands ar ei merch yn ddiolchgar. 'Oes ots 'da ti?'

Meddyliodd Cadi am y pentwr o waith cartref roedd ganddi i'w wneud cyn y bore, ond ysgwyd ei phen wnaeth hi. 'Na, dim o gwbwl. Dyma fy ffordd i o ddweud sori am wasgu'r darten a'r sgons!'

Gwenodd Bethan Rowlands ar ei merch cyn gadael y gegin. Rholiodd Cadi ei llewys a dechrau o ddifri ar y tato. Fel hyn roedd pethau wedi bod ers wyth mis bellach – ei mam wedi blino'n llwyr, ei brawd yn bwdlyd a phell, a Cadi yno, yn y canol. Wyth mis yn ôl roedd ei thad wedi'u gadael nhw. Heb rybudd o fath yn y byd, fe gyhoeddodd un nos Fawrth ei fod wedi bod yn anhapus ers tro, ei fod wedi cwympo mewn cariad â menyw arall a'i fod yn mynd i fyw gyda hi a'i mab ar ochr arall y dref.

A dyna ddechrau'r hunllef. Newidiodd popeth dros nos. Roedd Cadi a'i mam a Guto'n dal i fyw yn yr un tŷ. Er bod Arfryn yn arfer bod yn dŷ hapus a chysurus, roedd e bellach yn teimlo'n wag ac yn drist. Wrth gwrs, doedden nhw ddim wedi bod yn deulu cefnog iawn, ond roedden nhw wedi gallu byw bywyd digon cyffyrddus tan hynny, gan fwynhau gwyliau blynyddol a phenwythnosau prysur. Roedd Guto'n cael gwersi drymiau a karate, a Cadi'n cael gwersi marchogaeth ers ei bod hi'n ferch fach. Cafodd fenthyg Dandi, merlyn bach gwyn oedd fel tedi bêr mawr, gan rywun oedd yn gweithio gyda'i thad, a'i gadw mewn stablau lleol. Felly y buodd pethau am sawl blwyddyn.

Ond y noson y gadawodd Huw Rowlands fe ddaeth popeth felly i stop. Er bod ei thad wedi dal ati i dalu'r morgais a helpu gyda'r biliau, roedd wedi gwrthod talu am unrhyw beth arall 'diangen', fel roedd e'n eu galw nhw, ac roedd hynny'n cynnwys gwersi marchogaeth Cadi a gwersi drymiau Guto.

'Sori am ganslo'r cyfan ac am orfod cael gwared ar Dandi, ond . . . wel, fe fyddi di'n colli diddordeb yn y ceffylau cyn bo hir wrth i ti fynd yn hŷn,' eglurodd. Torrodd calon Cadi o glywed ei thad yn dweud hynny. Colli diddordeb, wir! Fyddai hi *byth* yn colli diddordeb mewn ceffylau.

Ond roedd wyth mis ers hynny. Bellach, gweld ei thad mewn rhyw gaffi neu'i gilydd bob nos

Wener fyddai Cadi erbyn hyn. Roedd e wedi pwysleisio ganwaith *nad* arni hi na Guto roedd y bai bod y teulu wedi chwalu. 'Rhwng dy fam a fi mae hyn,' fyddai ei neges o hyd. Ond roedd Cadi'n ei chael hi'n anodd credu hynny. Roedd ei agwedd tuag ati hi a Guto wedi newid dros y misoedd diwethaf, a'i deulu bach newydd i'w weld yn llawer pwysicach iddo na'i blant ei hun. Yr hyn roedd Cadi'n methu ei ddeall oedd y ffordd wnaeth y tad cariadus, direidus oedd yn llonni ei byd, chwalu bywydau pawb bron dros nos.

Rhoddodd Cadi'r tato i ferwi cyn mynd i'r lolfa at ei mam. Roedd hi'n cysgu'n sownd. A pha ryfedd, meddyliodd Cadi? Roedd hi'n gwneud dwy swydd nawr ac wedi blino bob nos, felly aeth hithau 'nôl i'r gegin a thynnu ei llyfrau o'i bag ysgol. Diolch byth am Seren, meddyliodd Cadi.

Ymhen rhyw hanner awr, daeth ei mam 'nôl i'r gegin. 'O, dyna ferch dda – paratoi swper a gwneud dy waith cartref!' Rhoddodd ei braich am ysgwydd ei merch a rhoi cusan ar ei phen. 'Reit, bangyrs a mash a ffa pob?'

'Lyfli,' atebodd Cadi. Penderfynodd y byddai'n well iddi gadw ei chwestiwn ar gyfer rhywbryd arall.

3

Doedd y diwrnod wedyn yn Ysgol Gyfun Bryncaerau fawr gwell na'r un blaenorol. Roedd Cadi wedi cael llond bola. Mrs Mathias oedd ar fai unwaith eto, yn dweud wrthi fod safon ei llawysgrifen yn ofnadwy. Allai Cadi ddim deall pa ots oedd hynny, o feddwl mai (a) gwaith cartref *mathemateg* oedd e, nid llawysgrifen, a (b) fod cyfrifiaduron ar gael bellach felly doedd dim eisiau sgrifennu â llaw beth bynnag! Ac os nad oedd hynny'n ddigon, roedd grŵp o fechgyn o Flwyddyn 9 wedi bod yn tynnu ei choes hi yn y ciw cinio am gael ei gwallt mewn dwy gynffon ar ochr ei phen, cyn i bêl hoci ei tharo'n gas ar ei gwefus yn y gêm yn erbyn Ysgol Bro Sant – ac i goroni'r cyfan, roedd ei thîm hi wedi colli 2–0!

Roedd bod yn un ar ddeg (bron yn ddeuddeg) mlwydd oed ac yn ddisgybl mewn ysgol fawr yn brofiad erchyll, meddyliodd Cadi, gan ddal ei ffon hoci'n sigledig ar gyrn y beic wrth fynd i lawr lôn garegog Blaendyffryn y noson honno.

'Diolch byth!' ebychodd. 'O leiaf mae hi'n nos Wener,' cysurodd ei hun, a gwenodd wrth weld Seren, y ferlen fach, yn aros amdani'n ddisgwylgar wrth yr iet.

Am sawl mis ar ôl i'w thad adael roedd Cadi wedi gorfod ymdopi heb weld unrhyw geffyl. Roedd Dandi wedi gorfod mynd ar fenthyg at deulu arall ac roedd Stablau'r Gwyndy, lle byddai hi'n arfer helpu gyda'r ceffylau, filltiroedd i ffwrdd. Ond un dydd Sadwrn, rhyw dri mis yn ôl, roedd Cadi a'i mam wedi gweld Gwen Evans, Blaendyffryn, tra'u bod nhw allan yn siopa ac fe aeth y tair am baned o de gyda'i gilydd. Bu Bethan Rowlands, mam Cadi, yn farchoges o fri pan oedd hi'n ferch ifanc ac yn arfer helpu Mr a Mrs Evans ym Mridfa Dyffryn – hyd yn oed yn cystadlu mewn sioeau gyda nhw – tan i Guto a Cadi gael eu geni. Dros baned, fuon nhw'n hel atgofion yn hapus am yr 'hen ddyddiau' – ond hefyd yn trafod y colledion a'r newidiadau oedd wedi effeithio ar fywydau'r tair ohonyn nhw yn ystod y misoedd diwethaf. Erbyn iddyn nhw orffen eu paneidiau roedden nhw wedi trefnu y byddai Cadi'n galw ym Mlaendyffryn bob nawr ac yn y man wrth iddi gerdded adref o fws yr ysgol ac ar y penwythnosau, i weld a oedd angen help ar Gwen i edrych ar ôl Seren.

A dyna sut fuodd pethau, ond ymhen ychydig iawn o amser ac wrth i'r diwrnodau ymestyn, roedd Cadi wedi dechrau galw ym Mlaendyffryn *bob* nos, er bod hynny'n golygu bod yn rhaid iddi gerdded neu seiclo i ben arall y pentref er mwyn cyrraedd adref i Arfryn.

Yn y sied ar ben y clos yn codi bwyd Seren i'r bwced roedd Cadi pan glywodd hi sŵn rhyfedd yn dod o'r hen stabl drws nesaf. Roedd hi'n meddwl fod y stabl yn wag, felly roedd hi'n methu deall beth oedd y sŵn.

'Helô 'na?' mentrodd, gan agor drws y stabl yn ofalus. Llamodd ei chalon wrth weld llygaid yn syllu arni. Yno, yn y gornel, roedd Pws, y gath, ynghyd â chwech o gathod bach, newydd eu geni!

'O na! Pws fach,' meddai wrth y creadur fflwfflyd oedd yn edrych yn hynod falch ohoni ei hun. 'Fydd Mrs Evans ddim yn hapus – ddim yn hapus o gwbwl.'

Wrth fynd draw i roi cwtsh i Pws, sylwodd Cadi ar rywbeth arall yng nghornel y stabl. Yno, yn llwch a baw drostyn nhw i gyd, roedd rhyw bethau oedd yn debyg i ffrwyn a chyfrwy. Aeth Cadi draw i gael golwg agosach, a gweld ei bod hi yn llygad ei lle. Ac er gwaetha'r we pry cop, dechreuodd redeg ei llaw drosyn nhw'n dyner. Roedd lledr yr awenau'n sych ac yn galed – yn amlwg heb gael sebon arnyn nhw ers cryn amser. Tynnodd ei bys ar hyd y cyfrwy gan greu llwybr nadreddog drwy'r llwch trwchus.

'Seren!' meddai, gan sylweddoli'n sydyn mai ffrwyn a chyfrwy'r ferlen fach oedd y rhain, siŵr o fod – y ffrwyn a'r cyfrwy roedd Mr Evans wedi'u defnyddio i'w marchogaeth.

Dyna pryd y cafodd Cadi syniad – un braidd yn ddrygionus! Roedd hi'n gwybod bod Mrs Evans wedi mynd allan am dro i rywle y prynhawn hwnnw ac na fyddai hi 'nôl tan amser swper. A'i chalon yn curo, cydiodd Cadi yn yr offer a'u cario ar draws y clos tuag at iet y cae. Roedd Seren yno'n ei disgwyl fel arfer, felly rhoddodd Cadi ei phenwast amdani, a'i chlymu wrth y rhaff ar y postyn gerllaw.

'Dere di, Seren fach,' anwylodd war y ferlen cyn codi'r brwsh roedd hi wedi'i adael wrth yr iet a dechrau glanhau'r mwd a'r baw'n ofalus oddi ar ei chot, gan gymryd llawer mwy o amser na fyddai hi fel arfer yn ei wneud. Roedd hi'n gwybod yn iawn na ddylai roi'r cyfrwy ar gefn Seren. Nid ei merlen hi oedd hi, a doedd gan Cadi ddim syniad sut fyddai Seren yn ymateb o gael ffrwyn a chyfrwy arni eto ar ôl yr holl fisoedd. Dyma'r cwestiwn roedd Cadi wedi bod yn ysu am ei ofyn i'w mam – gofyn a fyddai ei mam yn gallu dod gyda hi i fferm Blaendyffryn er mwyn holi Gwen Evans a fyddai modd iddi hi gael marchogaeth Seren ryw ddiwrnod.

Gwyddai Cadi yn ei chalon mai aros i drafod y syniad gyda'i mam a Mrs Evans oedd y peth iawn i'w wneud. Ond roedd y demtasiwn yn ormod. Fedrai hi ddim peidio. Yn dawel bach, rhoddodd Cadi'r awenau dros ben Seren nes eu bod nhw'n hongian o gwmpas ei gwddf, cyn mynd ati i agor ceg y ferlen yn ofalus gyda'i bys bawd a llithro'r enfa i mewn iddi a thynnu'r ffrwyn dros ei phen. Drwy lwc, symudodd y gaseg fach ddim cam. Ar ôl gorffen, rhoddodd Cadi'r penwast am ben Seren unwaith eto, ond ar ben y ffrwyn y tro hwn, cyn ei chlymu wrth y postyn eto.

Rhoi'r cyfrwy ar ei chefn oedd y cam nesaf. Cododd Cadi'r hen gyfrwy lledr yn araf dros gefn Seren a'i ostwng yn ofalus cyn ei wthio 'nôl yn dawel bach i'w le.

'Dyna ni, dyna ni,' cysurodd Cadi'r ferlen fach. Nesaf, estynnodd am y gengl a'i thynnu o dan fola Seren cyn ei bachu'n sownd wrth y cyfrwy. Roedd calon Cadi'n curo'n gyflymach gyda phob cam a thinc o euogrwydd yn gwneud iddi grynu hefyd. Ond edrychodd ar wyneb Seren – doedd y gaseg fach ddim wedi symud cam ers y dechrau, a nawr roedd hi wedi troi ei phen at Cadi fel petai'n gofyn, 'Wel dere 'mlaen, be nesa?'

Tynnodd Cadi'r penwast oddi ar ben Seren a rhyddhau'r pen arall o'r postyn. Aeth â'r ferlen fach am dro o gwmpas y cae, gan wylio pob cam i weld sut oedd hi'n ymateb. Roedd ei chlustiau'n wynebu i'r blaen yn eiddgar ac edrychai'n ddigon bodlon ei byd. Felly, aeth Cadi â hi allan i'r clos.

'Paid, Cadi!' Gallai glywed llais ei mam yn ei phen yn ei rhybuddio rhag mentro mynd ar gefn y ferlen. Ond teimlai Cadi'n lwcus. Roedd sawl peth o'i plaid eisoes. Gan ei bod hi wedi bod yn chwarae hoci'r prynhawn hwnnw, roedd hi'n dal i wisgo'i dillad ymarfer corff yn hytrach na'i gwisg ysgol arferol. Ac roedd ei helmed feic ganddi hefyd – dyna lwc!

Roedd y darnau i gyd fel petaen nhw'n disgyn i'w lle'n dwt ofnadwy. Felly, allai Cadi ddim rhwystro'i hun eiliad yn hirach rhag gwneud rhywbeth roedd hi'n gwybod na ddylai. Aeth â Seren draw tuag at risiau'r hen sgubor. Dringodd Cadi at yr ail ris a thynnu'r ferlen fach i aros wrth ei hochr. Pwysodd ar draws gefn Seren yn gyntaf, er mwyn gweld ei hymateb i'r pwysau. Arhosodd yn hollol stond ac ufudd – a'r peth nesaf roedd Cadi'n codi ei choes dde dros ei chefn ac yn eistedd ar y ferlen. Yn araf bach, eisteddodd Cadi i fyny'n syth, yn ymwybodol o bob symudiad roedd hi'n ei wneud, rhag codi ofn ar Seren. Yna, gwasgodd ei choesau'n dynnach am ochrau'r gaseg a gofyn iddi gerdded yn ei blaen – ac yn wir, ymlaen yr aeth Seren, gan gerdded o gwmpas y clos yn hollol gartrefol, fel pe bai wedi cael ei marchogaeth bob dydd, nid fisoedd ynghynt.

Teimlodd Cadi wefr o gyffro. O, roedd hi wedi gweld eisiau cael marchogaeth! A dyma hi, ar gefn Seren – a neb arall yn gwybod. Hon oedd eu cyfrinach fach nhw. Roedd Cadi'n wên o glust i glust, ond yn ffodus, doedd neb arall yno i'w gweld.

Yn sydyn, cofiodd Cadi lle roedd hi. Sylweddolodd y byddai ei lwc yn siŵr o ddod i ben petai'n aros ar gefn Seren funud arall. Fyddai Mrs Evans ddim yn hir cyn dod 'nôl i Flaendyffryn, a byddai ei mam hefyd yn dechrau poeni lle roedd hi.

Rhoddodd gwtsh mawr i Seren ar ei gwddf cyn neidio oddi arni i'r llawr. Dychwelodd y gaseg fach i'r cae, brwsio'i chot unwaith eto er mwyn cael gwared ar y marc lle roedd y cyfrwy wedi bod yn pwyso, a rhedeg i gyfeiriad y stabl i roi'r offer 'nôl yn eu lle. Wnaeth Cadi hyd yn oed geisio sicrhau eu bod nhw'n edrych yr un mor llychlyd drwy godi ychydig lwch oddi ar y llaw a'i daflu drostyn nhw.

Neidiodd pan glywodd sŵn y tu cefn iddi cyn cofio am Pws a'i chathod bach yn y gornel.

Edrychodd arnyn nhw a dweud, 'Eich bai chi yw hyn i gyd – fydden i ddim wedi dod i mewn i'r stabl oni bai amdanoch chi!'

Caeodd Cadi ddrws y stabl yn dynn a mynd i nôl y bwced bwyd a'i roi i Seren, fel roedd hi wedi bwriadu ei wneud rhyw awr ynghynt. Sylweddolodd ei bod hi'n chwarae â thân ond gwyddai hefyd, wrth wylio Seren yn bwyta ei bwyd yn hapus, ei bod hi'n benderfynol o ddod o hyd i ffordd o gael marchogaeth mor aml â phosib o hynny ymlaen.

4

Dros y diwrnodau nesaf roedd Cadi'n llawn cyffro. Roedd gan ei mam, Bethan, lond silff o lyfrau am farchogaeth ac am hyfforddi ceffylau, felly aeth â rhai o'r rhain i'w stafell wely, gan droi atyn nhw bob nos yn eu tro a'u darllen yn drylwyr. Doedd ei mam ddim wedi meddwl bod unrhyw beth yn rhyfedd yn hyn, gan gymryd yn ganiataol mai gweld eisiau'r marchogaeth roedd Cadi a bod y llyfrau'n un modd o lenwi'r bwlch hwnnw. Wyddai hi ddim fod ei merch wedi dechrau marchogaeth Seren.

Ond roedd Cadi wedi bod yn gyfrwys iawn. Galwai yn y tŷ gyda Gwen Evans bob prynhawn wrth gyrraedd Blaendyffryn, gan wneud ffws fawr ei bod hi am weld y cathod bach.

Er gwaethaf y sioc a gafodd o'u gweld nhw y tro cyntaf, roedd yr hen wraig wedi'u symud o'r stabl i'r gegin er mwyn eu cadw nhw'n gynnes braf o flaen y Rayburn – yn enwedig gan fod y tywydd wedi bod mor oer yn ystod y nos. Fyddai Gwen byth wedi gwneud hynny slawer dydd pan oedd hi a'i gŵr yn rhedeg y fferm gyda'i gilydd, ond roedd cael y cwmni ychwanegol yn y tŷ unwaith eto'n rhywbeth roedd hi'n ei fwynhau'n fawr.

'Gwell i mi fynd i roi bwyd i Seren 'te, Mrs Evans,' fyddai cân Cadi ar ôl treulio rhyw bum munud gyda'r creaduriaid. 'O, maen nhw mor annwyl, meddai Cadi eto wrth fwytho'r lleiaf o'r cathod bach. 'Fe fydda i'n ei throi hi tuag adre wedyn,' oedd ei geiriau olaf bob tro. Gwyddai Cadi'n iawn fod Mrs Evans yn ymddiried yn llwyr ynddi ac na fyddai wedyn yn dod allan i'r clos i'w gweld. Ond dweud celwydd wrth Gwen Evans roedd Cadi, wrth gwrs, a theimlai ychydig yn euog am wneud hynny. Ond ym meddwl Cadi, roedd yn rhaid gwneud hyn, doed a ddelo, er mwyn cael y cyfle i farchogaeth Seren.

Cyn gynted ag y byddai wedi cau drws y tŷ'n glep ar ei hôl, rhedai Cadi'n syth i'r stabl i nôl y cyfrwy, ac yna ei het, ei sgidiau marchogaeth a'i gwarchodwr cefn (roedd hi wedi cuddio'r rhain y tu ôl i hen fêls gwair yn y sgubor), cyn rhuthro ar draws y clos i'r cae ac arwain Seren i'r gornel bellaf lle na allai Gwen Evans eu gweld nhw o'r tŷ. Yno byddai'n rhoi'r cyfrwy a'r ffrwyn ar Seren, yn neidio ar ei chefn ac yn marchogaeth o gwmpas y cae'n hapus. Roedd Seren yn gwella bob dydd gyda thipyn bach o hyfforddiant, ac roedd Cadi hefyd yn dod yn fwy cyfarwydd â'r ferlen fach annwyl bob tro.

Daliodd Cadi ati gyda'r marchogaeth cyfrinachol am ryw dair wythnos heb i unrhyw un amau dim. Wrth eistedd ar gefn Seren roedd hi ar ben ei digon ac yn deall i'r dim pam roedd Mr Evans wedi dod â'r ferlen fach 'nôl i'w chartref ym Mlaendyffryn. Roedd nosweithiau'r gwanwyn yn dechrau ymestyn a chan fod ei mam mor flinedig drwy'r amser, doedd hithau ddim wedi sylwi bod ei merch yn cyrraedd adref ychydig yn hwyrach bob prynhawn. Ac am ei brawd mawr Guto, wel, roedd hwnnw'n treulio pob munud yn ei stafell wely, hyd yn oed pan oedd e i fod yn gofalu ar ôl ei chwaer fach. Diolch i gyfrwystra Cadi, doedd Gwen Evans, druan, ddim callach o'r twyll oedd yn digwydd o dan ei thrwyn.

Nos Fercher oedd hi, a Cadi wedi cadw i'r drefn arferol o fynd i'r tŷ i weld y cathod bach, oedd erbyn hyn yn dechrau creu hafoc yng nghegin Blaendyffryn, cyn sleifio i gornel bellaf y cae i farchogaeth. Roedd Seren yn mynd gystal ag erioed – yn trotian a charlamu'n union fel roedd Cadi yn gofyn iddi ei wneud ac yn arafu'n rhwydd ac yn ufudd. O, roedd hi'n ferlen mor hardd, meddyliodd Cadi – yn gaseg ifanc, osgeiddig, a'r seren fawr, wen ar ei thalcen yn disgleirio rhwng blew ei chot frown, dywyll, felfedaidd. Roedd Cadi ar fin rhoi'r gorau iddi am y noson pan dasgodd Seren i ochr y cae yn sydyn, gan adael Cadi'n gafael yn dynn am ei gwddf. Wrth deimlo corff Cadi'n cael ei daflu ymlaen, neidiodd y ferlen fach mewn ofn a dechrau rhedeg. Er gwaethaf ei hymdrechion, allai Cadi ddim arafu'r ferlen. Teimlodd ei gafael yn llacio, cyn iddi fwrw'r llawr yn galed.

'Aaaa!' sgrechiodd, wrth glywed carnau Seren yn chwipio o gwmpas ei phen, ac yna'n carlamu i ffwrdd tuag at dop y cae.

Allai Cadi ddim deall beth oedd wedi

digwydd. Ond fe wyddai un peth – ei bod mewn gormod o boen i symud na chodi oddi ar y llawr. Ceisiodd godi ei phen fymryn, ond O! tasgai'r boen drwy ei chorff. Aeth ei chymalau'n wan i gyd. Gorweddodd yno'n ddiymadferth a'i meddwl yn troi fel peiriant golchi. Seren, meddyliodd. A oedd Seren yn iawn? Sut oedd hi'n mynd i gyrraedd y clos? A fyddai Mrs Evans yn gweld y ferlen a'r ffrwyn a'r cyfrwy'n dal arni? Sut oedd hi'n mynd i gyrraedd adref? Roedd y rheini – a chant a mil o gwestiynau eraill – yn codi fel mynyddoedd mawr o flaen Cadi. Ond y cwestiwn mwyaf, efallai, oedd beth fyddai gan ei mam i'w ddweud?

'Cadi? Cadi?!' Cyn i Cadi allu meddwl mwy, daeth sŵn llais i'w chlustiau – sŵn llais Gwen Evans. Roedd hi'n gweiddi. Yn gweiddi'n uwch ac yn uwch. Suddodd calon Cadi o glywed y gofid yn chwyddo yn ei llais. Sylweddolodd yr eiliad honno na ddylai fod wedi marchogaeth y gaseg heb ei chaniatâd, ac yn sicr, na ddylai fod wedi dweud celwydd wrth rywun oedd wedi bod mor garedig wrthi. Y peth nesaf welodd Cadi oedd sliperi melfedaidd coch tywyll Mrs Evans yn rhuthro ar draws y cae tuag ati ac yna teimlodd ei llaw'n gorffwys yn ysgafn ar ei hysgwydd.

'Cadi fach, beth sy wedi digwydd? Sut yn y byd . . ?' Roedd llais Mrs Evans yn gymysgedd o anghrediniaeth a phanig llwyr. Daeth y dagrau i lygaid Cadi a dechreuodd grio, er gwaetha'r boen o wneud hynny.

'Rwy mor sori, Mrs Evans, rwy mor, mor, sori. Odi Seren yn iawn? Plis dwedwch fod Seren yn iawn.'

5

Ar ôl cyrraedd adref i Arfryn, eisteddodd Cadi'n dwt ar y soffa a myg o gawl poeth yn ei llaw. Roedd pob rhan o'i chorff yn gwneud dolur – ac roedd y boen honno'n waeth o wybod fod ganddi neb ond hi ei hunan i'w beio am hynny. Ond yr hyn oedd yn gwneud popeth yn fwy poenus fyth oedd gwrando ar yr holl weiddi oedd yn digwydd o'i chwmpas. Roedd ei rhieni yno – y ddau ohonyn nhw – un yn eistedd ar un pen o'r soffa, a'r llall y pen arall. Wrth gwrs, roedd y ddau'n benwan ac yn cyfarth ar ei gilydd, gydag un yn beio'r llall am yr hyn oedd wedi digwydd. Roedd Cadi'n ysu am i'r holl sŵn ddod i ben.

'Rwyt ti wedi colli pob rheolaeth ar y plant!

Gallai unrhyw beth fod wedi digwydd i Cadi! Dylai fod cywilydd arnat ti,' poerodd Huw Rowlands yn gynddeiriog.

'Dylai fod cywilydd arna *i*?' Roedd llais ei mam yn wahanol – nid ei llais blinedig arferol, meddyliodd Cadi. '*TI* adawodd *NI*!'

'Does gan hynny ddim byd i'w wneud â hyn,' atebodd ei thad. 'Mae'n amlwg nad oes 'da ti ddim syniad beth mae ein merch ni'n ei wneud bob nos.'

'Wyt ti wir yn credu nad oes gan hyn ddim byd i'w wneud â'r ffaith dy fod ti wedi'n gadael ni? Ti'n anghredadwy!' poerodd Bethan Rowlands.

'Yn amlwg, bydd yn rhaid iddi stopio'r hen nonsens 'ma ar unwaith.' Trodd ei thad at Cadi. 'Dwyt ti ddim i fynd yn agos at y fferm na'r ferlen 'na byth eto, wyt ti'n clywed? Rwyt ti'n dod yn *syth* adre o'r ysgol!'

Tan nawr doedd gan Cadi 'mo'r egni i amddiffyn ei hun, na'i mam, yn y ddadl. Allai hi ddim dioddef clywed ei thad yn beio'i mam fel hyn – nid arni hi roedd y bai o gwbl. Ond o glywed sylwadau blin ei thad, neidiodd Cadi ar ei thraed ar unwaith.

'Na, Dad, na! Mam – dwed wrtho fe.' A'r eiliad nesaf roedd yn rhaid i Cadi eistedd i lawr

eto wrth i'r boen saethu drwy'i chorff ac iddi ddechrau teimlo'n benysgafn.

Ysgydwodd ei mam ei phen. 'O, Cadi fach, sa i'n gwybod . . .' Gwyddai hithau'n iawn faint o feddwl oedd gan ei merch o Seren, ond ar yr un pryd roedd Cadi wedi codi ofn ar bawb y noson honno. Roedd Gwen Evans, druan, hyd yn oed wedi gorfod cael brandi bach i dawelu'r nerfau! 'A bod yn onest, Cadi, dwi ddim yn siŵr a fydd Mrs Evans *eisiau* i ti fynd i Flaendyffryn wedi'r sioc gafodd hi heddi.'

Ebychodd Cadi. Doedd hi ddim wedi meddwl am hynny. 'Ond, Mam . . .' mentrodd eto'n dawel. Sylweddolodd Cadi ei bod wedi gwneud camgymeriad mawr y prynhawn hwnnw a'i bod bellach mewn perygl o golli Seren yn llwyr.

'Dyw hwn ddim yn fater i Mrs Evans!' chwyrnodd Huw Rowlands unwaith eto. '*NI* sydd â'r dewis – a ry'n *NI* yn dweud *NA*! Dim mwy o'r busnes ceffylau 'ma. DIM!'

Edrychodd ei rhieni ar ei gilydd. Roedd Cadi ar fin dweud rhywbeth arall mewn protest ond stopiodd ei hun rhag gwneud. Llenwodd ei llygaid â chymysgedd o gynddaredd, o flinder a'r teimlad ei bod, er gwaethaf popeth, wedi'i threchu. Caeodd ei llygaid wrth sylweddoli ei bod wedi colli'r frwydr.

Dyna pryd y cerddodd Guto i mewn i'r stafell. Syllodd Cadi arno drwy lygaid cul. Roedd rhywbeth yn wahanol am ei brawd yr eiliad honno, meddyliodd; rhywbeth nad oedd hi wedi'i weld o'r blaen. Nid bachgen pwdlyd yn ei arddegau oedd e'n sydyn, ond dyn ifanc, digon penderfynol yr olwg.

Safodd Guto'n sgwâr o flaen ei dad. 'Sdim clem gyda chi, oes e?' wfftiodd.

'Guto, dyw hyn ddim byd i'w wneud â ti. Meindia di dy fusnes bach dy hunan,' chwyrnodd ei dad arno. 'Dwyt tithau ddim yn angel chwaith, cofia!' aeth yn ei flaen. 'Dwi'n clywed adroddiadau bod dy waith ysgol di'n dirwyio, felly mae angen i ni siarad am . . .'

'Ac wrth gwrs, dyw'r dirywiad yn 'y ngwaith ysgol i'n ddim byd i'w wneud â chi chwaith, yw e? Dim byd i'w wneud â'r ffaith fod ein tad ni wedi codi'i bac a mynd un diwrnod, heb feddwl ddwywaith . . .'

'Paid â bod mor haerllug!' Roedd Huw Rowlands yn gynddeiriog erbyn hyn.

'Hy! Be sy'n bod? Ddim yn lico'r ffaith 'mod i'n dweud y gwir?' heriodd Guto'i dad â rhyw

hanner gwên ar ei wefusau. 'Fe wnaeth popeth newid dros nos, o'ch achos chi! A'r unig beth sydd wedi codi calon Cadi yn ystod y misoedd diwetha yw mynd draw i weld y poni 'na. Y'ch chi'n gwbwl ddall? Fydde dim yn well gen i na chael gwersi drymiau eto . . . ond na, am eich bod chi mor hunanol, ac wedi cwympo mewn cariad â rhywun arall, ry'n ni i gyd i fod i dderbyn hynny a symud 'mlaen, a gadael i chi wneud fel y'ch chi'n moyn, a ninne'n cael gwneud dim . . .'

Dechreuodd wyneb Huw Rowlands newid. Ciliodd y dymer wyllt ryw fymryn, ac roedd fel petai yna olwg fach o gywilydd yn corddi yn ei lygaid.

Ond doedd Guto ddim wedi gorffen. 'A nawr, mae un peth yn mynd o'i le ac mae gyda chi'r wyneb i ddod 'nôl 'ma a phregethu wrthon ni i gyd, fel petaech chi'n dal i fyw 'ma . . . yn dal i fecso amdanon ni . . .'

Newidodd yr olwg ar wyneb eu tad, ac roedd ei lais yn llawer mwy tawel. 'Ond wrth gwrs 'mod i'n dal i fecso amdanoch chi . . .'

'Wel, y'ch chi wedi gofyn i Cadi beth oedd hi'n 'i wneud draw ym Mlaendyffryn yn y lle cynta, a pham ei bod hi wedi gwneud beth wnaeth hi?

Y'ch chi mor hunanol ac mor gaeth i'r hyn sy'n mynd 'mlaen yn eich bywyd bach chi. Falle, tasech chi wedi gofyn ac wedi gwrando arnon ni rai misoedd 'nôl, falle na fydde Cadi wedi mynd y tu ôl i'ch cefnau chi.'

Roedd Cadi'n methu credu ei chlustiau. Byddai hi a'i brawd yn chwarae gyda'i gilydd yn gyson pan oedden nhw'n iau, ond ers rhyw ddwy neu dair blynedd bellach, doedd ei brawd ddim wedi dangos unrhyw ddiddordeb yn ei chwaer fach. Plentynnaidd oedd hi, meddai Guto. Ac eto, dyma lle roedd e nawr, yn sefyll yn gadarn ac yn ei hamddiffyn.

Digon tawel oedd Huw Rowlands. Yna, ymhen ychydig, fe drodd at Cadi, oedd yn dal yn eistedd yn ddiymadferth ar y soffa. Penliniodd o'i blaen.

'Mae e'n gweud y gwir, on'd yw e, Cadi?'

Dechreuodd Cadi feichio crio, ond drwy'r llif dagrau, fe geisiodd egluro gymaint roedd hi'n gweld eisiau'r marchogaeth, a Dandi, a hyd yn oed ei thad, ac mai Seren oedd ei ffrind gorau yn y byd i gyd, ac nad bai Seren oedd y ddamwain y prynhawn hwnnw, ond ei bai hi, a plis, plis, a allai hi barhau i fynd i'w gweld – os oedd Mrs Evans yn fodlon?

Ar ddiwedd yr araith ddagreuol fe gytunodd ei thad y byddai'n ystyried y peth ac y byddai e a Bethan yn trafod y mater ac yna'n siarad â Mrs Evans i weld sut oedd hi'n teimlo. A phe bai hi'n digwydd cytuno i adael i Cadi alw ym Mlaendyffryn a marchogaeth Seren yn ôl ei harfer, byddai yna reolau llym ynglŷn â'r hyn roedd hi'n gallu ei wneud ar y fferm o hynny ymlaen. Taflodd Cadi ei breichiau o amgylch gwddf ei thad a theimlodd ei freichiau yntau'n ymestyn o'i chwmpas ac yn rhoi cwtsh enfawr iddi – cwtsh nad oedd hi wedi teimlo'i debyg ers misoedd. A'i phen ar ei ysgwydd, agorodd ei llygaid ac edrych ar Guto, oedd yn dal i sefyll o flaen y soffa, a symud ei cheg i ddweud 'Diolch' distaw. Cododd hwnnw ei ysgwyddau a gwneud wyneb beth-bynnag di-hid, cyn cerdded o'r stafell a rhoi'r clustffonau yn ôl am ei glustiau. Roedd ei brawd mawr, diwedws, arferol wedi dychwelyd, meddyliodd Cadi – ond wnaeth hi ddim gweld y wên fach ar wyneb Guto wrth iddo gerdded lan y stâr a chau drws ei stafell wely â chlec.

6

Curai calon Cadi wrth iddi aros gyda'i mam, yn disgwyl i ddrws mawr y ffermdy agor. Doedd hi ddim yn credu ei bod hi erioed wedi teimlo mor lletchwith. Ar y naill law roedd hi wedi bod yn edrych ymlaen at y diwrnod hwnnw ers wythnos, a chael y cyfle i fynd i'r fferm a gweld Seren. Ond ar y llaw arall, doedd hi wir ddim yn edrych ymlaen at y cywilydd o wynebu Mrs Evans unwaith yn rhagor. Ac roedd gwaelod ei stumog fel carreg drom wrth feddwl y gallai Mrs Evans ddweud na fyddai croeso iddi ymweld â'r fferm, na gweld Seren, mwyach.

Agorodd y drws a daeth Gwen Evans i'r golwg. Edrychodd Cadi arni a phan welodd hi'r wên ar ei hwyneb wrth iddi eu cyfarch, methodd

Cadi atal ei hun rhag neidio ymlaen a thaflu ei breichiau o'i chwmpas gan ddweud, 'Rwy mor sori, Mrs Evans – mor, mor sori.'

Chwerthin wnaeth hithau. 'Paid â becso, Cadi fach. Dwi'n credu dy fod di wedi dysgu dy wers. Ond cofia, fe wnest ti godi tipyn o ofn arna i!'

Eisteddodd y tair o gwmpas yr hen fwrdd derw enfawr yn y gegin. Dyma'r foment dyngedfennol, meddyliodd Cadi. Bethan Rowlands gydiodd yn yr awenau.

'Nawr 'te Cadi, mae Mrs Evans a finne wedi bod yn siarad . . .' Roedd hyn yn newyddion i Cadi. Doedd hi ddim yn gwybod bod ei mam eisoes wedi cysylltu â Mrs Evans. 'Ac ry'n ni wedi penderfynu rhoi cyfle arall i ti.'

Fuodd Cadi bron â thasgu o'i chadair, ond cyn iddi gael cyfle i wneud hynny, roedd ei mam wedi dechrau siarad eto. '*OND*, mae yna reolau pendant y bydd rhaid i ti eu dilyn. Yn gyntaf, mae'n rhaid i ti ddweud wrth un ohonon ni bob tro rwyt ti'n mynd i farchogaeth, a dwyt ti *byth* i wneud unrhyw beth newydd gyda Seren heb ofyn i ni. Roeddet ti'n lwcus iawn na chefaist ti na Seren niwed difrifol yr wythnos diwethaf.' Allai Cadi ddim credu ei chlustiau. Nid yn unig roedd hi'n cael ymweld â Seren unwaith yn rhagor ond roedd hi'n cael dal ati i farchogaeth hefyd!

'I ddechrau, Cadi, fe gei di farchogaeth pan fydda i neu Mrs Evans yn dy wylio di. Caseg ifanc yw Seren, cofia, a gallet ti wneud pob math o niwed iddi os nag wyt ti'n gwneud pethau'n iawn.'

'Dwi'n gwybod, Mam. O, Mrs Evans – wna i byth gymryd mantais fel 'na eto. Ges i gymaint o ofn 'mod i wedi gwneud niwed i Seren a'ch siomi chi. Dwi'n caru Seren yn fwy nag unrhyw beth.'

'Dwi'n deall hynny, Cadi fach. Anghofiwn ni am bopeth sydd wedi digwydd a dechrau o'r newydd unwaith eto. Nawr, wyt ti'n barod i farchogaeth Seren a dangos i dy fam a finne beth wyt ti'n gallu'i wneud?'

Edrychodd Cadi ar Bethan Rowlands yn syn. 'Mae dy ddillad a dy het di yn y car,' meddai ei mam dan wenu.

Aeth y tair allan i'r clos a rhedodd Cadi'n syth i'r stabl i nôl Seren. Llamodd ei chalon pan welodd y ferlen bert unwaith eto. O, roedd hi wedi gweld ei heisiau dros y diwrnodau diwethaf. Ar ôl rhoi'r ffrwyn a'r cyfrwy arni roedd Cadi ar fin ei thywys i waelod y cae pan glywodd lais Mrs Evans yn dweud wrthi am ddod â'r ferlen fach ar draws y clos a'i dilyn hi tuag at y sied fawr lle roedden nhw'n arfer cadw'r ceffylau dros y gaeaf pan roedd y fridfa yn ei hanterth. Yno, yn y sied, heb yn wybod i Cadi, roedd sgwâr caeedig yn llawn tywod – *manège* – yn arbennig ar gyfer ymarfer marchogaeth! Syllodd Cadi o'i blaen mewn rhyfeddod.

'Mr Evans adeiladodd y lle 'ma rai blynyddoedd 'nôl,' eglurodd Gwen Evans, 'er mwyn i ni allu paratoi ac ymarfer marchogaeth y merlod cyn mynd i'r sioeau. Mae angen bach o sylw arno erbyn hyn gan nad yw wedi'i ddefnyddio'n iawn ers blynyddoedd, ond mae'n llawer mwy diogel na'r cae!'

Arweiniodd Cadi Seren i ganol tywod y sied a pharatoi i neidio ar ei chefn, gan roi'r awenau dros ei phen, tynhau'r gengl a rhoi'r gwartholion ar y cyfrwy. Arhosodd y ferlen fach yn hollol stond wrth i Cadi blannu ei hun yn ddiogel yn y cyfrwy. Wedi gwthio'i choesau'n dyner am ochrau'r ferlen fach a gofyn iddi gerdded yn ei blaen, fe ufuddhaodd honno, yn ôl ei harfer. Am y deng munud nesaf roedd tawelwch llwyr yn y sied wrth i Seren a Cadi gerdded, trotian ac yna hanner carlamu mewn cylchoedd drwy'r tywod. Teimlai Cadi dan bwysau wrth i bob symudiad o'i heiddo hi a'r ferlen fach gael eu gwylio'n ofalus. Roedd hi mor awyddus i ddangos i'w mam a Mrs Evans ei bod hi'n gallu marchogaeth yn dda a'i bod hi a Seren yn deall ei gilydd i'r dim.

Ymhen ychydig, clywodd lais ei mam yn ei galw hi a Seren yn ôl at yr iet. Trodd pen y ferlen fach a chariodd honno hi draw'n ofalus tuag ati. 'Wel, Mrs Evans, beth y'ch chi'n feddwl,' holodd Bethan Rowlands. 'Fyddai Mr Evans wedi bod yn fodlon?'

Ateb gan wenu wnaeth Mrs Evans. 'Bodlon iawn, rwy'n credu. Rwyt ti wedi gwneud jobyn bach go dda, chwarae teg i ti.' Teimlodd Cadi falchder eithriadol, ond cyn iddi gael cyfle i ymffrostio, dechreuodd ei mam siarad eto.

'Do, rwyt ti wedi gwneud jobyn gweddol fach o dda, o ystyried, ond mae llawer o le i wella eto. Felly, o hyn ymlaen, fe wna i ddod yma i Flaendyffryn unwaith neu ddwywaith yr wythnos i roi gwersi i ti.' Rhoddodd calon Cadi naid. Roedd hi wrth ei bodd o feddwl y byddai ei mam yn fodlon ei dysgu hi i farchogaeth yn iawn. 'Yn enwedig os ry'n ni am roi cynnig ar gystadlu mewn ambell sioe yn ystod yr haf. Beth y'ch chi'n feddwl, Mrs Evans?'

'Cytuno'n llwyr,' meddai hithau.

Roedd Cadi'n methu credu'r hyn roedd hi'n ei glywed. Penderfynodd yn y fan a'r lle y byddai'n gweithio mor galed ag y medrai i wireddu'r freuddwyd a chael mynd â Seren i gystadlu mewn sioe.

7

Wedi mynd adref y noson honno, aeth Cadi'n syth at y cyfrifiadur er mwyn gwylio clipiau YouTube o bobl yn cystadlu mewn sioeau ceffylau. Roedd hi am berffeithio'i pherfformiad hi a Seren yn y cylch, felly roedd hi'n ceisio dysgu wrth wylio ffilmiau o rai llawer mwy profiadol na hi. Erbyn diwedd yr wythnos, roedd yr her wedi dechrau mynd yn obsesiwn a throdd Cadi'n dipyn o feirniad ei hun – yn penderfynu beth roedd hi'n ei hoffi a ddim yn ei hoffi am y modd roedd pawb yn marchogaeth ac yn cyflwyno'u ceffylau! Roedd cystadlu'n fusnes cymhleth. Mewn sioe, byddai gofyn iddi hi a Seren gerdded, trotian a gwncud hanner carlam o gwmpas y cylch gyda phawb arall i ddechrau, a'r beirniad yn eu gwylio. Yna, byddai'r beirniad yn eu galw nhw yn eu tro i ganol y cylch er mwyn gwneud sioe unigol (dyma'r darn roedd Cadi wir yn ei ofni am y byddai llygaid pawb arni bryd hynny!) Roedd hi'n ymarfer ei sioe unigol bron bob noson – tan i'w mam ddweud wrthi am roi'r gorau iddi cyn i Seren syrffedu'n llwyr!

Daeth cnoc ar ddrws y ffrynt. Neidiodd Cadi. Clywodd ei mam yn ateb y drws yn y cyntedd ac er mawr syndod iddi clywodd lais ei thad. Neidiodd ar ei thraed ond roedd ei thad eisoes wedi cerdded i mewn i'r lolfa lle'r eisteddai hi o flaen y cyfrifiadur. Syllodd arno. Roedd e'n amlwg yn cuddio rhywbeth y tu ôl i gefn.

'Dad, beth y'ch *chi*'n ei wneud 'ma?'

'Wel, dyw hynna ddim yn ffordd neis iawn o gyfarch dy dad!'

'Sori!'

'Yn enwedig o ystyried 'mod i wedi dod ag anrheg i ti!'

Bag mawr plastig oedd gan ei thad y tu ôl i'w gefn. Rhoddodd y bag i Cadi ac estynnodd hi amdano'n swil. Sylweddolodd yn sydyn beth oedd ynddo – rhyw fath o ddilledyn – ond hyd yn oed wedyn, doedd hi ddim yn meiddio credu'r peth tan iddi weld y cynnwys yn iawn. Agorodd sip y gorchudd plastig oedd am y dilledyn a gweld siaced farchogaeth smart – un frethyn gyda choler melfed glas tywyll. Edrychodd Cadi ar ei thad, yn wên o glust i glust.

'Ow! Diolch, Dad!'

'Ail-law yw hi, cofia. Dy fam wnaeth ddod o hyd iddi ar y we, felly iddi hi mae'r diolch, a dweud y gwir.'

Safai Bethan Rowlands yn dawel yng nghornel y stafell. 'Rho hi amdanat ti 'te, i ni gael dy weld yn iawn.'

Tynnodd Cadi'r siaced dros ei chrys-T a chau'r botymau ar y blaen. Roedd y siaced yn ei gweddu'n berffaith.

'I'r dim!' cytunodd Huw Rowlands. 'Rwyt ti'n barod i gystadlu nawr!'

Roedd Cadi ar ben ei digon, ond cyn iddi gael cyfle i ddiolch, estynnodd ei mam fag plastig arall iddi. 'Ail-law yw'r rhain hefyd, ond maen nhw fel newydd.' Yn y bag hwn roedd pâr o drowsus marchogaeth lliw hufen, crys a thei goch a phâr o fenig bach lledr i gwblhau'r wisg y byddai'n rhaid iddi ei gwisgo yn y cylch cystadlu. Edrychodd ar ei mam. Gwyddai Cadi ei bod hi wedi gwario pob ceiniog sbâr oedd ganddi ar y dillad. Dechreuodd ei phen droi. Wyddai hi ddim i ba un o'i rhieni y dylai ddiolch gyntaf – ei mam neu ei thad. Wrth weld yr olwg betrusgar ar wyneb eu merch, chwerthin wnaeth y ddau. 'Dere,' meddai ei thad, 'beth am i ti wneud paned i dy fam a minne, i ddweud diolch?'

Wrth i Cadi gerdded i mewn i'r gegin, roedd Guto'n gadael. Prin wnaeth ei brawd ddangos ei fod wedi gweld eu tad o gwbl. 'Edrych beth mae Mam a Dad wedi prynu i fi, Guto – ar gyfer mynd i'r sioe!' Ond codi ei ysgwyddau'n ddi-hid wnaeth ei brawd cyn mynd lan y grisiau i'w stafell, fel arfer. Am eiliad, teimlai Cadi'n grac tuag at ei brawd, cyn iddi gofio mai Guto oedd wedi bod yn gyfrifol am berswadio'i thad i adael iddi farchogaeth unwaith eto. Sylweddolodd hefyd nad oedd ei brawd wedi derbyn unrhyw anrheg gan eu rhieni. Tra bod Cadi'n cael marchogaeth a chystadlu mewn sioeau, doedd dim wedi newid i Guto. Dechreuodd deimlo ychydig bach yn euog.

8

Gorweddai Cadi ar ddi-hun yn ei gwely. Tu allan, roedd hi'n dechrau goleuo, er ei bod hi'n dal yn niwlog o hyd. Edrychodd ar y cloc. 5 a.m. Gwyddai ei bod hi'n rhy gynnar i ddeffro ei mam, ond prin roedd hi wedi cysgu drwy'r nos. Roedd y diwrnod mawr wedi cyrraedd – diwrnod y sioe – ac roedd Cadi ar bigau drain.

Ond, er mawr syndod iddi, wrth iddi bendroni beth i'w wneud, agorodd ei drws yn araf bach. Ei mam oedd yno, a dwy baned o de yn ei llaw. ''Co ti! Ro'n i'n amau y byddet ti ar ddi-hun.'

'O, Mam! Dwi ddim wedi cysgu winc drwy'r nos!'

'Na finne,' meddai hithau. Chwerthin wnaeth y ddwy cyn dechrau yfed y te. Ond yna fe edrychodd ei mam yn ddifrifol ar Cadi. 'Rwyt ti *yn* sylweddoli nad ennill sy'n bwysig heddi, on'd wyt ti? Dwyt ti ddim yn debygol o ennill, achos bydd merlod a phlant llawer mwy profiadol na thi'n cystadlu yn dy erbyn di. Y peth pwysig yw bod Seren yn bihafio a'r ddwy ohonoch chi'n mwynhau eich hunain.'

'Dwi'n gwybod hynny, Mam,' mentrodd Cadi, 'a dwi'n addo y bydda i'n mwynhau pob eiliad, beth bynnag fydd yn digwydd.'

'Da iawn ti. Wel, gorffen dy de gynta, 'te. Allwn ni gael brecwast cynnar ac wedyn fe lwythwn ni'r car cyn mynd draw i Flaendyffryn.'

Roedd Fiesta bach ei mam yn llawn dop erbyn iddyn nhw gyrraedd clos y fferm. Er ei bod hi'n fore braf roedd Bethan Rowlands wedi mynnu bod angen dillad ar gyfer pob tywydd. Roedd gwisg marchogaeth Cadi ar gyfer y cylch cystadlu'n hongian yn daclus o ddolen yn nho'r car, uwchben y cyfrwy a'r ffrwyn roedd Cadi wedi mynd adref â nhw i'w glanhau. Felly doedd dim llawer o le i unrhyw beth nac unrhyw un arall yn y car bach – heblaw Cadi a'i mam, wrth gwrs.

Pan welodd Mrs Evans nhw'n cyrraedd,

chwerthin yn uchel wnaeth hi. 'O, jiw, dwi'n credu eich bod chi wedi anghofio sinc y gegin.' Ond Cadi a'i mam oedd yn chwerthin pan welon nhw faint y picnic roedd Mrs Evans wedi'i baratoi. Roedd digon yn y fasged i fwydo'r sioe gyfan!

Rhedodd Cadi i'r stabl lle roedd Seren wedi bod dros nos. Roedd yn rhyddhad gweld bod y flanced roedd hi wedi'i rhoi ar Seren i'w chadw hi'n lân ar ôl ei golchi'r diwrnod cynt wedi aros yn ei lle a'r rhwymau ar ei choesau. Sgleiniai cot y gaseg fach dan y flanced – cot lliw brown tywyll, cyfoethog, oedd gan Seren – fel siocled – a phedair coes wen, lachar. Bu Cadi wrthi'n rhoi sialc ar y rhain er mwyn sicrhau eu bod ar eu gwynnaf, yn barod ar gyfer y sioe. Roedd Cadi'n benderfynol bod angen iddi frwsio cot y ferlen fach unwaith eto cyn mynd, yn ogystal â rhoi ychydig bach mwy o sialc ar ei choesau, ac ar y seren fawr wen, drawiadol ar ganol ei thalcen. Roedd hi am i bopeth fod yn berffaith.

Yna'n sydyn, daeth sŵn cerbyd trwm i glustiau Cadi. Edrychodd allan drwy hanner uchaf drws y stabl i weld pwy oedd yn dod i lawr y lôn. Wrth lyw'r cerbyd 4x4 mawr oedd yn nesu at y clos roedd ei thad, a thu ôl i'r cerbyd hwnnw roedd treilyr lliw arian, sgleiniog, smart. Doedd hi erioed wedi gweld ei thad yn gyrru rhywbeth mor fawr o'r blaen!

Rhaid mai cael eu benthyg nhw mae Dad, meddyliodd Cadi. Wrth ei weld e'n troi ar y clos, dechreuodd ofidio am Seren; doedd hi ddim yn hoffi meddwl amdani'n gorfod aros ar ei thraed yng nghefn y treilyr yr holl ffordd i'r sioe. Roedd yn amlwg nad oedd gan Huw Rowlands syniad sut i yrru'r cerbyd, wrth weld y ffordd roedd e'n stryffaglu i barcio'r treilyr yn syth o flaen y stabl. Erbyn iddo ddod allan o'r 4x4, daeth yn amlwg hefyd fod wyneb Cadi'n dweud y cyfan am yr hyn roedd hi'n ei feddwl am y gyrru lletchwith. Ond cyn i'w thad gael cyfle i ddweud gair i'w amddiffyn ei hun, meddai Bethan Rowlands, 'Paid â becso, Cadi. *FI* fydd yn gyrru i'r sioe!' Neidiodd Bethan Rowlands i sedd y gyrrwr, symud y treilyr tuag yn ôl ac i fyny gydag ochr y stablau'n daclus, fel ei bod hi'n haws llwytho'r gaseg. Roedd ei mam yn yrwraig arbennig – ac fe gofiodd Cadi ei bod wedi gyrru Land Rover a threilyr, a lorïau ceffylau mawr, am flynyddoedd pan oedd hithau'n cystadlu. Edrychodd gyda balchder ar ei mam, gan sylweddoli ei bod hithau hefyd yn mwynhau pob eiliad o fod 'nôl gyda'r ceffylau – heb sôn am godi cywilydd ar ei thad fel gyrrwr, wrth gwrs!

Rhwymodd Cadi goesau Seren â'r rhwym-ynnau teithio arbennig tra bod ei rhieni a Mrs Evans yn llwytho popeth arall i'r cerbyd – a'i thad yn cwyno am faint y llwyth yn fwy na dim! Pan oedd popeth a phawb yn barod, daeth ramp y treilyr i lawr ac fe gerddodd Seren fach i mewn yn ufudd, fel petai'n gwneud hynny bob dydd. Gwasgodd y pedwar ohonyn nhw i mewn i'r car, ei mam yn sedd y gyrrwr, Mrs Evans yn y sedd flaen, a Cadi a'i thad yn y sedd gefn, gyda'r fasged picnic wedi'i gwthio rhyngddyn nhw. 'Reit, bant â ni!' meddai ei mam, dan wenu.

Ar y daith i'r sioe dechreuodd Cadi deimlo'n swp sâl wrth i'r nerfau gorddi ei stumog. Eisteddai'r pedwar ohonyn nhw'n dawel yn y car. Roedd amser maith wedi mynd ers i'w rhieni rannu cerbyd ac roedd distawrwydd anesmwyth braidd rhyngddyn nhw, ei thad yn brysur ar ei ffôn a'i mam yn canolbwyntio ar yrru. Roedd Mrs Evans yn edrych allan drwy'r ffenestr â golwg hiraethus, bell yn ei llygaid; dyma'r sioe gyntaf iddi ei mynychu heb ei gŵr wedi hanner can mlynedd a mwy o arddangos ceffylau, ac er ei bod hi'n falch ofnadwy o gael bod yno, roedd hi'n gweld ei eisiau'n ofnadwy. Doedd neb fel petaen nhw'n sylwi ar Cadi yn troi yn fwyfwy gwyrdd ar y sedd gefn. Yr unig beth oedd yn tarfu ar draws y tawelwch oedd ffôn ei thad, gyda rhyw 'bîp, bîp' bob yn ail funud.

Hynny yw, nes i Cadi weiddi, 'Mam, plis stopiwch! Dwi'n mynd i chwydu.'

9

Mewn ffordd ryfedd, fe wnaeth tostrwydd Cadi ysgafnhau'r awyrgylch yn y car, gan ddod â'r tawelwch lletchwith i ben. Chafodd hi fawr o gydymdeimlad, serch hynny; roedd pawb yn tynnu ei choes am fod mor nerfus. 'Sbort yw hyn i fod, Cadi Rowlands!' meddai ei mam.

Ac yn wir, fe ddechreuodd Cadi deimlo'n well yn weddol sydyn wedyn – tan iddyn nhw gyrraedd maes sioe Dyffryn Teifi, o leiaf. Wrth droi i mewn drwy'r bwlch i gyfeiriad ardal y ceffylau, roedd llygaid Cadi fel soseri. Roedd popeth yn llawer mwy ac yn brysurach nag yr oedd hi wedi'i ddychmygu – hyd yn oed mor fore â hyn. Beth ddaeth drosti, yn meddwl y gallai hi gystadlu mewn sioe fawr fel hon? Doedd dim gobaith ganddi, wfftiodd – byddai pawb arall gymaint gwell.

Ond ar ôl parcio'r treilyr yng nghanol rhes o gerbydau ceffylau o bob lliw a llun, doedd dim eiliad ganddi i feddwl mwy. Neidiodd Bethan Rowlands allan o'r 4x4 a dechrau gweiddi gorchmynion ar bawb. 'Huw! Agor y drws top ar flaen y treilyr fel bod Seren yn cael ychydig bach o awyr iach, a Cadi, dere! Mae eisiau i ni fynd i nôl dy rif cystadlu di a gweld ym mha gylch fydd y gystadleuaeth, wedyn fe ddown ni 'nôl fan hyn, paratoi paned o de i Mrs Evans a thywys Seren o gwmpas yn ofalus er mwyn iddi gael ymgyfarwyddo â'r lle cyn ei chael hi'n barod i'r dosbarth cyntaf bore 'ma.'

Roedd Cadi'n gallu gweld bod ei mam wrth ei bodd yn cael bod 'nôl yng nghanol bwrlwm cae'r sioe a'r ceffylau. Cyn i Guto a Cadi gael eu geni dyma oedd ei byd, ond ar ôl cael plant roedd eu mam wedi rhoi'r gorau iddi. Syllodd Cadi draw ar ei thad oedd yn edrych braidd ar goll. Mewn clwb rygbi roedd e hapusaf, meddyliodd, nid ar gae sioe wledig! Roedd e'n edrych yn aflonydd hefyd, fel petai rhywbeth ar ei feddwl. Serch hyn, roedd Cadi'n falch ei fod e yno i'w chefnogi.

Wnaeth cerdded o gwmpas ardal y ceffylau

ddim i dawelu nerfau Cadi – roedd pawb o'i chwmpas yn edrych fel pe baen nhw'n gwybod yn iawn beth oedden nhw'n ei wneud, hyd yn oed y plant lleiaf.

'Paned o de i setlo'r nerfau,' cynigiodd Gwen Evans ymhen ychydig. Roedd ei geiriau'n gysur i Cadi, felly brysiodd draw gyda'i rhieni at y car i ymuno â'r hen wraig wrth ymyl y 4x4.

Wedi yfed yn awchus a theimlo'n dipyn gwell, roedd hi'n bryd cael Seren allan o'r treilyr. Bu'r ferlen fach yn taro'i charnau'n go frwd yn erbyn llawr y treilyr ers tro, yn atgoffa pawb ei bod hi'n dal yno, felly pan gafodd hi ddod allan o'r diwedd, dechreuodd ysgwyd ei mwng a gweryru'n eiddgar. Wrth gerdded wrth ochr y gaseg fach dechreuodd Cadi deimlo'n fwy hyderus ac ar ôl ychydig o funudau, neidiodd ar ei chefn a dechrau ei gweithio'n dawel yng nghornel y cae, i ffwrdd oddi wrth y prysurdeb mawr, gyda'i mam yn gwylio bob cam.

'Dyna ddigon am y tro,' meddai Bethan Rowlands ymhen ychydig. 'Beth am farchogaeth Seren draw tuag at y cylch cystadlu fel ei bod hi'n gallu cyfarwyddo ag ardal fwy prysur, gyda'r dorf a'r holl synau eraill allai ei chynhyrfu hi?' Felly, dyna wnaeth Cadi.

Chwarae teg i'r ferlen fach, chymerodd Seren fawr ddim sylw o'r merlod eraill, gan gynnwys y cobiau trwm oedd yn camu'n frwd o'i chwmpas, y plant a'r pramiau, y balŵns a'r sŵn o'r ffair. Dechreuodd Cadi deimlo efallai, jest efallai, fod popeth yn mynd i fod yn iawn wedi'r cwbl.

'Reit, mae'n bryd i ti fynd i wisgo dy grys a thei a dy siaced,' meddai ei mam, wrth i Cadi arwain Seren 'nôl i'w cyfeiriad nhw.

Daeth Cadi i lawr oddi ar gefn Seren ac aeth ei mam a Gwen Evans ati i dwtio a gorffen paratoi'r ferlen fach, gyda'u brwshys a'u holew. Doedd Cadi erioed wedi gweld cymaint o wahanol fathau o olew o'r blaen – olew oedd yn gwneud i ben a llygaid Seren sgleinio, olew i wneud i'w chot a'i mwng ddisgleirio, a hyd yn oed olew i bolisho'i charnau!

Gan fod pawb arall yn brysur ac yn amlwg yn gwybod beth roedden nhw'n ei wneud, aeth Cadi ati i newid ei gwisg yng nghefn y 4x4. Roedd hi'n cystadlu mewn dau ddosbarth – dosbarth y rhai dibrofiad yn y bore, ac yna, dosbarth agored yn y prynhawn, lle byddai hi a Seren yn cystadlu yn erbyn y rhai mwy profiadol oedd wedi bod wrthi ers blynyddoedd. Yn y gystadleuaeth gyntaf fyddai eu siawns orau nhw o ennill rhuban, meddyliodd Cadi.

Daeth allan o'r cerbyd yn ei dillad marchogaeth newydd, a'i sgidiau marchogaeth brown yn sgleinio gan yr holl gŵyr oedd wedi'i rwbio i'w lledr nhw. Trodd at ei thad yn llawn balchder i ddangos y wisg iddo. Ond roedd Huw Rowlands yn edrych i'r cyfeiriad arall a golwg o banig ar ei wyneb. Heb sylwi dim ar Cadi, cerddodd i ffwrdd ar ras, heb sylweddoli ei bod hi'n ei wylio. Syllodd Cadi'n syn arno'n cerdded i gyfeiriad y maes parcio, heb ddeall yn iawn beth oedd yn digwydd. Dyna pryd y gwelodd menyw ifanc a bachgen bach yn cerdded tuag ato. Synnodd Cadi o weld ei thad yn rhuthro atyn nhw ac yn dechrau siarad yn frwd, gan chwifio'i freichiau a chodi'i lais ychydig. Doedd e ddim i weld yn rhy hapus i'w gweld nhw.

'Cadi, paid â whilibowan – dere!' dwrdiodd ei mam o gefn y treilyr. Ond sefyll yn stond wnaeth Cadi, heb symud yr un fodfedd. Roedd hi'n union fel petai wedi'i rhewi i'r fan a'r lle. 'Cadi, be sy arnat ti? Dere, wir. ' Ond daeth stop ar siarad ei mam pan gododd ei phen o'i gwaith. Syllai'r ddwy i gyfeiriad Huw Rowlands a'r fenyw ddieithr, heb ddweud yr un gair, nes i Cadi ofyn yn dawel: 'Dyna hi, ontefe, Mam?'

'Ie, Cadi. Ie, dyna hi.' Roedd llais Bethan Rowlands yn dechrau torri. Cymerodd anadl ddofn cyn troi ei sylw unwaith eto ar garnau Seren.

Roedd bwrlwm y sioe yn mynd yn ei flaen o'u cwmpas. Cyn pen dim, daeth neges dros yr uchelseinydd yn cyhoeddi bod cystadleuaeth gyntaf Cadi a Seren ar fin dechrau, ond safodd Cadi a'i mam yn stond. Taflodd Huw Rowlands gip dros ei ysgwydd. Dyna pryd y sylweddolodd fod llygaid yn ei wylio. Gan edrych yn hollol anghyffyrddus, gwnaeth arwydd ar y fenyw a'r plentyn oedd yn ei gwmni i'w ddilyn draw at y treilyr.

'O na,' meddai llais Gwen Evans wrth wylio'r triawd yn nesu tuag atyn nhw. 'Ddim nawr . . . a ddim fel hyn!'

Ddywedodd Bethan Rowlands ddim gair, dim ond syllu.

'Ym . . . wel . . . nid dyma'r ffordd ro'n i eisiau eich cyflwyno chi i gyd,' meddai Huw Rowlands yn swil braidd, 'ond falle nad oes ffordd rwydd iawn o wneud hyn beth bynnag.

Bethan, Cadi . . . dyma . . . Caren a'i mab, Iolo.
Caren, Iolo . . . dyma Bethan a Cadi. O . . . a
Mrs Evans. A Seren.'

Edrychodd Cadi ar ei thad. Curai ei chalon
hi'n uchel, uchel, roedd ei phen yn troi ac yn troi
a'i choesau'n wan. Ond cyn iddi gael cyfle i wir
ystyried yr hyn roedd hi'n ei wneud, dyma hi'n
dechrau gweiddi: 'Na. Na. Pam nawr, Dad?
Pam? 'Y niwrnod i yw hwn!' A dyna pryd y
dechreuodd y dagrau lifo i lawr ei hwyneb.
Trodd ar ei sawdl, datglymu Seren yn frysiog a
rhedeg tuag at y cylch gan lusgo Seren ymlaen
wrth ei hochr.

'Nawr edrych beth wyt ti wedi'i wneud!'
poerodd Bethan Rowlands at ei chyn-ŵr cyn
brysio ar ôl ei merch.

'Be sy'n bod ar y ferch 'na, Mam?' holodd y
bachgen bach yn ddiniwed.

10

Wedi iddi sychu ei dagrau ar gefn ei menig lledr, eisteddai Cadi bellach ar gefn Seren wrth fynedfa'r cylch cystadlu lle roedd y cystadleuwyr eraill yn paratoi i fynd i mewn. Erbyn i Bethan Rowlands gyrraedd roedd pawb ar ei ffordd i'r cylch – a Cadi yn eu canol nhw gyda'u llygaid yn dal yn goch a dagreuol. Ond roedd hi'n rhy hwyr i'w darbwyllo rhag mynd, a gallai ei mam wneud dim ond gwylio'n ddiymadferth wrth i Cadi farchogaeth yn osgeiddig o gwmpas y cylch gyda'r gweddill. Chwarae teg i Seren, wnaeth hi ddim byd o'i le; Cadi oedd yr un oedd ddim yn canolbwyntio. Roedd y stiward yn y cylch yn gweiddi gorchmynion ond doedd Cadi ddim yn gwrando'n iawn, felly roedd hi'n hwyr gyda phob symudiad a Seren yn dangos ei hun a'i thrwyn yn yr awyr wrth i Cadi farchogaeth fel petai'n sach o datws. Cawson nhw eu rhoi yn y safle olaf gan y beirniad, ac er bod Cadi wedi llwyddo i adfywio rhyw ychydig erbyn gwneud ei pherfformiad unigol, doedd dim llawer o siâp ar bethau, ac fe anghofiodd bopeth am y symudiadau roedd hi wedi'u paratoi a'u hymarfer mor ofalus. Ar ddiwedd y gystadleuaeth roedden nhw wedi codi un safle, gan ddod yn bumed allan o chwech.

Roedd golwg wedi'i gorchfygu ar wyneb Cadi pan ddaeth hi o'r cylch, ond o leiaf roedd y cynnwrf oedd yn berwi y tu mewn iddi wedi tawelu rywfaint.

'Dere cariad, awn ni 'nôl i'r treilyr,' meddai ei mam gan amneidio ar Gwen Evans, oedd wrth ei hochr yn gwylio'r cyfan. Cerddodd y tair o'r cylch heb ddweud gair. Nid dyma'r diwrnod oedd yr un ohonyn nhw wedi'i ddychmygu nac wedi gobeithio amdano.

Eistedd ar ramp y treilyr yn edrych yn edifar roedd Huw Rowlands pan gyrhaeddon nhw maes parcio'r ceffylau. Edrychodd ar Cadi a'i mam. 'Dwi mor sori. Doedd 'da fi ddim syniad eu bod nhw'n dod 'ma heddi.' Doedd neb yn cymryd llawer o sylw o'r hyn roedd ganddo i'w ddweud, ond aeth yn ei flaen beth bynnag. 'Ond fues i ddim yn onest gyda nhw chwaith. Wnes i ddweud mai chwarae golff ro'n i heddi, nid dod i'r sioe gyda chi. Ond fe ddyfalodd Caren fod rhywbeth yn mynd ymlaen, felly buodd yn rhaid i fi ddweud y cwbwl wrthi. Do'n ni ddim yn disgwyl iddi ddod yma i'r sioe, cofiwch. Dwi mor, mor sori. Dwi wedi gwneud cawlach o bethau.'

Edrychodd Bethan Rowlands ar y dyn roedd hi wedi treulio dros bymtheg mlynedd yn briod ag e. Roedd hi wedi profi nifer o emosiynau dros y flwyddyn ddiwethaf, yn enwedig y bore hwnnw, pan welodd hi Caren a Iolo ar faes y sioe. Teimlai gymysgedd o dristwch, cynddaredd, iselder a sioc, ond yr eiliad honno, roedd hi'n teimlo'n gwbl wahanol. Sylweddolodd ar unwaith nad oedd hi'n teimlo unrhyw beth mwyach. Yr unig beth roedd hi'n wirioneddol poeni amdano oedd ei merch.

'I Cadi y mae angen ti ymddiheuro. Ei diwrnod hi rwyt ti wedi'i ddifetha. Dwi'n credu bod angen i chi'ch dau siarad,' meddai gan syllu'n dyner ar ei merch. 'Cer am dro bach gyda dy dad, Cadi. Fe wneith Mrs Evans a finne edrych ar ôl Seren.'

'Ond, Mam . . .'

'Na, cer di. Dwi'n gwybod dy fod ti wedi cael siom ond mae angen i chi drafod pethau. Ar ôl i chi siarad fe allwn ni weld a wyt ti eisiau cystadlu yn y dosbarth nesaf, neu a fyddai'n well gyda ti fynd adre. Cei di benderfynu, cariad.'

Roedd holl nerth Cadi wedi diflannu o'i chorff erbyn yr eiliad honno, ond fe ufuddhaodd i'w mam ac fe gerddodd hi a'i thad ochr yn ochr tuag at brif faes y sioe, heb feddwl i ba gyfeiriad roedden nhw'n mynd. Ar ôl distawrwydd annifyr, mentrodd ei thad dorri'r garw. 'Dwi'n gallu gweld y ceir clatsio draw yn fan'co. Dere, ti'n moyn cael tro arnyn nhw 'da fi, fel slawer dydd?'

Edrychodd Cadi ar ei thad ac er ei bod hi wedi bwriadu gwrthod yn bendant, cafodd ei swyno o weld ei wên garedig, ddireidus – yr hen wên gyfarwydd roedd hi'n ei charu cymaint. Ymhen dim o dro, roedden nhw wedi rhoi cynnig ar y ceir clatsio, y *waltzers* ac wedi ennill tedi bêr mawr, meddal yn y ffair. Bellach, eisteddai'r ddau ar y borfa wrth y prif gylch yn bwyta llond bwced o gandi-fflos ac yn siarad am bopeth dan haul. Ceisiodd y ddau drafod yr hyn oedd wedi digwydd i'r teulu yn ystod y misoedd diwethaf ac am eu teimladau ynglŷn â'r cyfan. Er nad oedd hi'n dal i ddeall y sefyllfa'n iawn, roedd hi'n dechrau dod i weld fod ei thad yn dal i'w charu.

'Beth am Iolo?' holodd Cadi.

'Iolo? Beth amdano?'

'Wyt ti'n 'i garu e'n fwy na fi a Guto?'

Edrychodd ei thad arni braidd yn syn. 'Na, na, wrth gwrs ddim. Mae e'n fachgen bach annwyl tu hwnt ac rwy'n gobeithio y byddwn ni'n ffrindiau da. Gobeithio y doi di a fe'n ffrindiau hefyd. Ond nid fy mab i yw Iolo. Mae gan Iolo ei dad ei hun a dwi ddim yn bwriadu cymryd lle hwnnw. Ti a Guto yw fy mhlant i. Cofia di, dwi'n dechrau dod i sylweddoli 'mod i wedi delio â phopeth yn wael, ond mae'n bryd i hynny newid. Mae'n rhaid i fi fod yn onest gyda phawb o hyn ymlaen.'

Edrychodd Cadi ar ei horiawr. Roedd hi bron yn ddau o'r gloch; roedd y gystadleuaeth nesaf yn dechrau am 2.30 p.m.

'Beth wyt ti am ei wneud? Gadael y cystadlu tan ddiwrnod arall? Sori am sbwylio pethe . . .' Edrychai ei thad yn edifar iawn.

Ond neidiodd Cadi ar ei thraed a dechrau

brasgamu 'nôl am y treilyr. Dyna lle roedd ei mam a Gwen Evans yn eistedd ar ddwy gadair wrth ochr y 4x4, yn mwynhau'r heulwen. Cymerodd Bethan Rowlands un golwg ar ei merch cyn iddi hithau neidio ar ei thraed hefyd. 'Reit 'te bois, rydyn ni'n mynd amdani!

11

Cyn gynted ag yr oedd Cadi wedi gorffen cael ei hunan yn barod i fynd i'r cylch, edrychodd ei thad arni'n falch. 'Gwna dy orau, pwt,' meddai'n gefnogol. Gwenodd Cadi 'nôl arno, cyn i lais ei mam dorri ar eu traws unwaith yn rhagor.

'Cadi, dere glou! Mae'n amser i ti fynd!'

Ymunodd Cadi a Seren â'r rhes o ferlod bywiog oedd yn cerdded i'r cylch ceffylau. Roedd pawb yn edrych gymaint yn fwy profiadol yn y dosbarth hwn; sylwodd Cadi mai dim ond un arall o'r dosbarth ben bore oedd yn cystadlu eto, ac roedd yna wyth cystadleuydd arall hefyd, gan wneud cyfanswm o ddeg yn y dosbarth i gyd. Roedd y beirniad eisoes yn y canol, mewn ffrog haf felen a het grand iawn – beirniad gwahanol y tro hwn, diolch byth, meddyliodd. Gallai Cadi deimlo môr o wynebau'n ei gwylio o ochr y cylch, ynghyd â llawer o rieni eiddgar a chystadleuol yn gweiddi cyfarwyddiadau ar eu plant ar gefn eu ceffylau. Cerddai Seren fach yn bwrpasol ond yn dawel o gwmpas y cylch, yn ofalus iawn ohoni, yn ôl ei harfer.

Sylweddolodd Cadi fod angen iddi roi chwarae teg go iawn i'r gaseg fach y tro hwn, ar ôl gwneud cam â hi yn y dosbarth cyntaf. Seren oedd ei byd hi dros y misoedd diwethaf, yr un oedd wedi rhoi modd i fyw iddi, ac roedd yn rhaid i Cadi ddangos ei gwerthfawrogiad trwy wneud ei gorau glas wrth ei marchogaeth. Cymerodd anadl ddofn, byrhaodd yr awenau ac eistedd i fyny'n syth a gosgeiddig. Ac fe ddechreuodd wenu. Roedd hi'n benderfynol ei bod hi'n mynd i fwynhau'r cyfan.

Yr eiliad honno clywodd Cadi lais y stiward yn gweiddi, 'Trot on, please.' Gwasgodd ei choesau i ochrau Seren yn dawel ac fe ufuddhaodd honno ar unwaith. Ymhen dim roedd y ddwy'n trotian o gwmpas y cylch yn perfformio gyda'r gorau. Roedd hi'n olyfga wahanol iawn i'r un yn y bore, gyda Cadi'n marchogaeth yn dda y tro hwn, a Seren yn camu'n urddasol o gwympas y cylch.

Roedd rhaid canolbwyntio bob un eiliad. Daeth Cadi yn ymwybodol bod un ferch ar ferlyn gwyn hardd yn ceisio marchogaeth yn rhy agos ati hi a Seren, gan eu gwthio yn erbyn ochr y cylch. Sylweddolodd hefyd ei bod hi'n ceisio marchogaeth o flaen Cadi a Seren wrth iddyn nhw drotian heibio i'r beirniad – fel nad oedd honno'n gallu eu gweld yn iawn. Roedd ei mam yn iawn, meddyliodd Cadi – roedd hyn yn waeth o lawer na chystadlu mewn unrhyw steddfod!

Er mawr ryddhad i Cadi, ar ôl iddyn nhw drotian a hanner carlamu o gwympas y cylch i'r ddau gyfeiriad, galwodd y stiward arnyn nhw i gerdded, cyn galw'r cystadleuwyr i gyd i ganol y cylch yn y drefn gychwynnol. Y ferch a'r merlyn gwyn gafodd eu galw i mewn i'r safle cyntaf – ond cafodd Cadi ei thynnu i mewn yn yr ail safle. Roedd hi'n methu credu'r peth! Chwiliodd am ei mam yn y dorf – gwyliai honno'r cyfan â gwên fawr ar ei hwyneb. Cododd ddau fys bawd ar ei merch, cyn amneidio arni â'i phen; deallodd Cadi'n syth beth roedd hi'n drio'i ddweud wrthi. Doedd y gystadleuaeth ddim drosodd eto ac roedd angen i Cadi gadw'i phen ar gyfer yr elfen nesaf, y sioe unigol.

Dyma'r elfen roedd Cadi wedi bod yn ymarfer cymaint ar ei chyfer, wrth gwrs, ond yr elfen aeth yn rhacs y bore hwnnw. Gwyliodd y ferch ar y merlyn gwyn yn perfformio – y creadur yn camu'n dwt o gwmpas y cylch a'r rhuban goch yng ngwallt y ferch yn chwifio'n brydferth – roedd popeth amdanyn nhw mor berffaith, meddyliodd Cadi. Ond nawr daeth ei chyfle hi fynd o flaen y beirniad, a'r tro hwn roedd perfformiad Cadi a Seren yn un penigamp – ffigwr siâp wyth gan drotian a hanner carlamu i'r ddau gyfeiriad, ac yna carlamu am gyfnod byr ar y diwedd i ddangos symudiad Seren ar ei orau. Wrth gyfarch y beirniad ar ddiwedd y sioe roedd Cadi'n wên o glust i glust.

Ond roedd un elfen arall o'r gystadleuaeth ar ôl, sef tynnu'r cyfrwy oddi ar y merlod er mwyn i'r beirniad weld siâp eu cyrff yn iawn – ac yna roedd hi'n amser neidio eto ar eu cefnau cyn i'r stiward ofyn iddyn nhw gerdded o gwmpas y cylch am un tro olaf fel bod y beirniad yn cael golwg pellach cyn iddi eu galw nhw i'r safleoedd terfynol.

Wrth gerdded o gwmpas y cylch am y tro olaf teimlai Cadi'n hollol fodlon. Doedd hi ddim yn poeni am ei safle bellach. Roedd hi wedi mwynhau pob eiliad ac yn rhyfeddu at y ffordd roedd Seren wedi gofalu amdani drwy'r holl brofiad – yn enwedig ar ôl sioc a siom y bore. Yna'n sydyn, clywodd Cadi lais ei mam yn tarfu ar ei meddyliau hapus. 'Cadi, edrych! Maen nhw'n galw arnat ti.'

Edrychodd Cadi o'i chwmpas a dyna lle roedd y stiward yn chwifio'i law arni er mwyn ceisio dal ei sylw a'i chymell i ddod i ganol y cylch. O diar, meddyliodd Cadi wrth gerdded tuag at y beirniad. Dim ond pryd hynny y sylweddolodd mai hi oedd yn y safle cyntaf! Wyddai hi ddim beth i'w wneud. Edrychodd ar ei mam dros ei hysgwydd, ond doedd honno o ddim help o gwbl, yn chwifio'i breichiau fel melin wynt. Edrychodd ar y beirniad eto, ac er mawr ryddhad i Cadi, fe wenodd honno arni'n braf a dweud, 'Fan hyn, y safle cyntaf.' Daeth y ferch ar y merlyn gwyn i sefyll wrth eu hymyl yn yr ail safle – gan sibrwd ei llongyfarchiadau trwy wên ffals cyn edrych i ffwrdd yn siomedig tuag at ei mam hithau.

Cyflwynwyd rhosglwm mawr coch ac amlen fechan frown i Cadi a Seren. Gwthiodd Cadi'r amlen i'w phoced a hongian y rhosglwm ar ei chot, cyn iddi hi a Seren gerdded o gwmpas y cylch cystadlu unwaith eto er mwyn derbyn cymeradwyaeth y dorf. Wrth adael y cylch, roedd Cadi ar ben ei digon.

12

Roedd Cadi'n llwgu. Bu'n ddiwrnod hir ofnadwy, a basged picnic Gwen Evans wedi mynd yn angof ym mhrysurdeb y dydd. Doedd brechdanau ham erioed wedi blasu mor ffein, meddyliodd Cadi, wrth ymuno â'r lleill i fwynhau'r bwyd wrth ymyl y treilyr. Roedd Seren eisoes yn cael blas ar fwcedaid o ddŵr oer a gwair ffres wrth i Cadi dwrio yn y basged am becyn o greision. Eisteddodd 'nôl yn swp blinedig ar y flanced gan synnu bod hyd yn oed ei mam a'i thad i'w gweld yn hapus yng nghwmni ei gilydd am y tro – yn enwedig o ystyried drama'r bore gyda Caren a Iolo. Ond bellach, sgwrsiai'r ddau'n hamddenol am y tro cyntaf ers misoedd lawer. Rhywbeth dros dro oedd hynny, atgoffodd Cadi hi ei hun. Roedd hi'n sylweddoli na fyddai eu bywydau nhw fel teulu byth yr un fath eto; na allai ei mam a'i thad byth fod yn ffrindiau go iawn ac y byddai hi a Guto'n gorfod ymdopi â'r sefyllfa, rywfodd. Ond efallai eu bod nhw wedi troi cornel heddiw, meddyliodd eto. Ac i Seren roedd y diolch am hynny.

Wedi i bawb lenwi'u boliau a gorffen y diferyn olaf o de o fflasg fawr Gwen Evans, daeth yr amser i adael y sioe a throi am adref. Er bod pawb wedi blino'n lân wedi holl gynnwrf y dydd, roedd yn rhaid llwytho'r car a'r treilyr unwaith yn rhagor, cyn tanio injan y 4x4. Y tro hwn roedd y tawelwch yn y car wrth deithio 'nôl i Flaendyffryn yn un hamddenol, cyffyrddus, a rhaid bod Cadi wedi cysgu y rhan fwyaf o'r ffordd gan mai'r peth nesaf sylwodd hi arno oedd y car yn bownsio ar hyd lôn y fferm.

Ar ôl dadlwytho Seren o'r treilyr a'i harwain i gyfeiriad y cafn dŵr, gofynnodd Cadi i'w mam ddal y ferlen fach am ychydig er mwyn iddi nôl rhywbeth o'r tŷ. Dychwelodd mewn rhyw ddwy funud â moronen enfawr yn anrheg i Seren. Dechreuodd gnoi honno'n awchus. Allan â Seren i'r cae wedyn i gael ymlacio a mwynhau ar ôl diwrnod anhygoel, a phan dynnodd Cadi'r penwast oddi arni, dechreuodd garlamu'n llon cyn mynd ar ei phengliniau a rholio ar lawr, gan grafu ei chefn.

'Wel,' meddai Mrs Evans gan bwyso ar iet y cae, 'fyddai Mr Evans wedi bod mor falch o'r ddwy ohonoch chi heddiw. Rwy'n siŵr ei fod yn edrych i lawr arnom ni i gyd – yn hollol siŵr.' Roedd yr hen wraig yn edrych ychydig yn emosiynol wrth siarad, felly rhoddodd Bethan Rowlands ei braich o gwmpas ei hysgwyddau'n dyner.

'I chi mae'r diolch am bopeth, Mrs Evans – ontefe, Cadi?'

Gwenodd Cadi a gwthio'i llaw i law Mrs Evans. 'Bydd angen i ni weld pa sioe arall allwn ni gystadlu ynddi nawr,' meddai honno. 'Bydd dim stop arnon ni wedi hyn! Falle, rhyw ddiwrnod, y gallwn ni hyd yn oed gyrraedd y Sioe Frenhinol!' Doedd Cadi ddim yn siŵr ai tynnu coes roedd Mrs Evans, ond am nawr, doedd dim ots. Roedd Cadi'n ddigon bodlon ei byd!

'Reit,' meddai ei thad, 'mae angen i fi ddychwelyd y cerbyd 'ma.' Ond cyn cerdded at y car, stopiodd ac edrych ar Cadi cyn cydio yn ei llaw rydd. 'Da iawn ti heddi. Rwy mor falch fod dy frawd mawr wedi rhoi stŵr i fi, a dy fod ti wedi cael cyfle i farchogaeth Seren fach unwaith eto. Rwy mor sori hefyd am y ffordd wnes i fihafio – ond bydd pethau'n wahanol o hyn ymlaen – dwi'n addo.'

Ar ôl gwylio'i thad yn gyrru i lawr y lôn, aeth Cadi i'r tŷ i helpu Mrs Evans i roi trefn ar weddillion y picnic oedd ar ôl yn y fasged. Wedi iddi wneud yn siŵr ei bod hi wedi setlo yn y tŷ, aeth Cadi a'i mam adref.

'Does dim awydd coginio swper arna i,' meddai Bethan Rowlands wrth wthio drws y tŷ ar agor.

Dilynodd Cadi hi i mewn i'r tŷ yn dal ei rhosglwm coch yn un llaw a'i siaced newydd yn y llaw arall. Wrth iddi hongian y siaced yn y cwtsh dan stâr, meddai ei mam eto, 'Aros eiliad, beth am yr amlen gest ti yn y cylch? Wyt ti wedi edrych beth sydd ynddi eto?' Roedd Cadi wedi hen anghofio am honno a rhoddodd ei llaw i mewn i'r boced i'w nôl. Rhwygodd hi ar agor a gweld, er mawr syndod iddi, fod ynddi bapur ugain punt.

'O, da iawn ti!' meddai ei mam. 'I mewn i'r cadw-mi-gei?'

'Ond Mam,' protestiodd Cadi, a'r arian yn ei llaw, 'chi a Mrs Evans sy'n haeddu hwn!'

'Na, i ti mae e. Ti'n haeddu bob ceiniog. Does

gen ti ddim syniad pa mor falch ohonot ti ro'n i heddi!' Rhoddodd ei mam gwtsh enfawr iddi.

Meddyliodd Cadi am ychydig. Er ei bod hi wrth ei bodd â'i gwobr, doedd hi ddim yn gwbl gysurus chwaith. 'Mam,' meddai'n dawel, 'a fyddai ots gyda ti pe bawn i ddim yn cadw'r arian i mi fy hun?'

Edrychodd ei mam arni'n syn braidd. 'Wel, na, dy arian di yw e. Gei di wneud beth bynnag yr hoffet ti ag e, cariad.'

Gyda hynny, rhedodd Cadi i fyny'r grisiau. Er bod drws stafell wely ei brawd ar gau roedd hi'n gallu clywed cerddoriaeth. Cnociodd ar y drws, a daeth rhyw sŵn 'Ie?' annelwig o'r tu mewn. Gwthiodd Cadi'r drws fymryn. Yn ei llaw o hyd roedd y rhosglwm coch a'r amlen frown. Cododd ei brawd ei lygaid o'r llyfr roedd e'n ei ddarllen. Pan welodd y rhosglwm, daeth gwên fawr i'w wyneb.

'Hei, da iawn ti, Cads.' Doedd Cadi ddim yn gyfarwydd â chael clod gan ei brawd mawr.

Aeth draw ag eistedd ar ochr y gwely. 'Mae hwn i ti,' mentrodd hithau gan ymestyn ei llaw a rhoi'r amlen iddo.

Gwelodd Guto yr arian. 'Paid â bod mor

ddwl,' meddai yntau gan ddechrau dadlau a rhoi'r amlen yn ôl iddi.

Ond roedd Cadi'n hollol bendant. 'Na, i ti. Ond mae'n rhaid i ti addo y byddi di'n ei ddefnyddio ar gyfer un peth penodol – cynilo tuag at gael set o ddrymiau newydd. Rhaid i ti addo.'

Edrychodd ei brawd ar yr amlen yn ei law ac yna ar ei chwaer fach. 'Ocê, twts,' a dyma'r ddau'n dechrau chwerthin.

Daeth ei mam i'r drws. 'Beth sydd mor ddoniol?' holodd.

'Dim,' atebodd y ddau.

'Hmm. Rwy'n siŵr eich bod chi'n cynllunio rhyw ddrygioni, dwi'n eich nabod chi'n rhy dda! Dewch, beth am i ni fynd i'r cei i gael sglods i ddathlu?'

Wrth i'r tri eistedd ar y cei yn edrych ar yr haul yn machlud dros Fae Ceredigion, doedd Cadi ddim yn credu iddi fwynhau sglodion mor flasus erioed o'r blaen.

A'r noson honno fe freuddwydiodd amdani hi a Seren yn carlamu heibio prif eisteddle'r Sioe Frenhinol, a'r dorf yn curo'u dwylo'n uchel. Rhyw ddydd, falle . . .

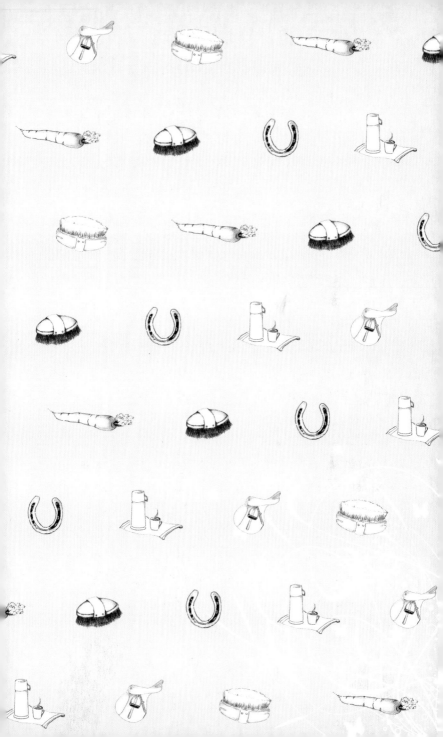

'Diolch byth!' ebychodd Cadi.
'O leiaf mae hi'n nos Wener!' Gwenodd wrth
weld Seren, y ferlen fach, yn aros amdani'n
ddisgwylgar wrth yr iet.

Wedi cyfnod gweddol anodd gartref
a'i rhieni wedi gwahanu, mae Cadi Rowlands
wrth ei bodd yn cael anghofio'r cyfan drwy
ymweld â fferm Blaendyffryn, a'i ffrind arbennig,
Seren – un o'r merlod prydfethaf i gael ei magu
gan y fridfa erioed. Wrth i'r berthynas rhwng
y ddwy ddatblygu, dyna ddechrau ar ambell
antur gyffrous hefyd.

* * * * *

*Nofel afaelgar gyntaf gan yr awdures
Branwen Davies, sydd hefyd yn
dwlu ar geffylau!*

ISBN 978-1-78562-182-6

9 781785 621826

£4.99
gomer.co.uk